庫

ダンスホール

佐藤正午

光 文 社

目次

愛の力を敬え

1

ドアチャイムが鳴ったので出てみると見知らぬ男が立っていた。

私はドアノブを握ったまま応対した。

相手が私の顔を見て、口をひらくまでに二秒か三秒ほどの間があった。ドアを開けたとたんに外の熱気を感じたせいもあり、そのわずかな時間が異様に長く感じられた。

こちらは森《もり》さんのお宅ですか？　と男は訊《たず》ねた。私がうなずいて見せると、続けてこう言った。

「さちこさんは、いま、いらっしゃいますか」

男の年齢は私と変わらないように見えた。いくつか若いとしても四十は越えている。

「アベといいます。さちこさんの友人です、昔、親しくしていた者です。アベ・ジュンと伝えていただければ、わかると思います」

男は夏物の背広を着て汗をかいていた。

背広は今朝ドライクリーニングからあがってきたのに袖を通したという感じで、形くずれのあとが見えなかった。無精髭《ぶしょうひげ》ものばしていなかったし、名刺を差し出した手は清潔そのものだった。ひとことで言えばこざっぱりした身なりの中年だった。にもかかわらず、男が私に与えた第一印象は、こざっぱりという表現からはほど遠かった。

私が感じ取ったのはむしろ逆のイメージで、憔悴《しょうすい》とか、投げやりとかいう言葉に近い何かだった。訳ありだな、と私は思った。そう思った瞬間に、この私と同世代の男に対して、微《かす》かな親しみをおぼえたのかもしれない。男は額の生え際にびっしり汗をかいていて、それを拭《ぬぐ》おうともしなかった。たぶん背広のポケットを探ってもハンカチは見つからないだろう。今朝ドライクリーニングからあがってきたのにそのまま袖を通して出てきたからだ。

名刺を受け取って、私はドアノブから手をはなした。代わりに男がささえたのでドアは閉まらなかった。

「さちこさんは、いま、こちらにいらっしゃいますか」

と安倍純《あべじゅん》が繰り返した。

「お待ちください」

と答えて、私はいったん履いていた靴を脱ぎ、狭い廊下を歩いて奥のリビングへ向かった。

森幸乃《ゆきの》は電話に出ていた。より正確に言うと、電話に出ながらメモ用紙に落書きをしていた。さきほど、その電話がかかってきたのを潮に私は腰をあげたのだ。

その電話がかかってくる前、森幸乃と私はエアコンの利いたリビングで二十分ほど話をした。絨毯《じゅうたん》のうえにじかにすわり、木目の美しいテーブルをはさんで私は彼女に伝えるべきことを伝え、彼女は答えるべきところでは明確に答えを返した。それからもう十分ほど、話すべきことが何もない気詰まりな時間が流れ、私は出された麦茶を飲みほした。そこへ電話がかかってきた。職場の親しい同僚、もしくは学生時代の友人からの電話のようだった。どちらであるかはっきり見当をつける前に私は腰をあげた。森幸乃は引きとめなかったので、玄関に行って靴を履いた。履き終えたところでドアチャイムが鳴り、安倍純が現れた。そういう順番だった。

狭い廊下とリビングを仕切る扉を細目に開けて、私はドアノブを握ったまま森幸乃に来客を伝えた。

振り向いた彼女の顔に、いったい誰？　と言いたげな表情が浮かんだので、古い友人だそうだ、と付け加えた。メモ用紙の落書きは彼女のお得意のマンガだった。マンガの主人公である幼い女の子が両手で顔を覆い、しゃがみこんで泣いていた。その肩を猫が片足で叩《たた》いて慰めている絵のようだった。見まちがいでなければ。

受け取った名刺にちらりと目をやってから、森幸乃は片手でふさいでいた送話口にむかって「ごめんなさい」と謝り、電話を切りにかかった。

そこまで確認して私はまた玄関に戻った。靴を履き直していると、

「あの……」

と安倍純が遠慮がちに声をかけた。

「さちこさんの、ご主人でしょうか」

「いや」とだけ答えて私は靴を履き終わった。

「さちこさんは結婚されてるんでしょうか。ずっと独身ですか？」

さっき帰るつもりで玄関のあがり口に置いていた書類用の封筒をつかんで私は立ち上がった。

その中身を渡すのが私の役目だったのだが、森幸乃は受け取らなかった。それが当然のような気もするし、実はそうではないような気もする。いずれにしても私は森幸乃のことをほとんど知らない。現在、彼女がどういう状況にあるかをかろうじて知っているだけで、過去については何も知らない。この安倍純と名乗る男と、どれくらい昔に、どの程度の訳

ありだったのかも判らない。

安倍純の手にハンカチが握られているのに気づいてから、私は彼の質問に答えた。一見して洗濯後にアイロンをかけて丁寧《ていねい》に折り畳んだと思われるハンカチだった。

「森さんのことはよく知らないんです。ただ仕事上のおつきあいがあるだけで」

「そうですか」

と安倍純が半分納得したような、半分どうでもいいような相槌《あいづち》を打ち、私は彼の横を抜けて外へ出ようとした。そのとき森幸乃の声が背後から私の名を呼んだ。

「待ってください」と彼女は大きめの声で言った。「帰るのはちょっと待ってください。この男の人、あたし見たこともありません」

それには答えずに私は一歩だけマンションの開放廊下へ踏み出して、左手でズボンの左側のポケットを探った。着信音をバイブレータに設定していた携帯電話から振動が伝わっていたからだ。私は電話に出た。安倍純は片手でドアをささえたまま、私のすぐそばに立っている。

玄関先まで出てきた森幸乃が安倍純に訊ねた。

「いったいどなたですか？」

「安倍といいます」

「それはわかってます」森幸乃はもう一度名刺に目を走らせた。「あたしは、東京に安倍という知り合いはいませんけど」

「ええ、そうですね」安倍純が答えた。「僕もあなたに会うのは初めてです」

「もしもし？　伯父《おじ》さん、聞こえてる？」と姪《めい》っ子の声が言った。

「ああ」と私はふたりの様子を見守りながら返事をした。

「いまから十分後に出るけど、用事はもう済んだのかって、伯母《おば》さんが」

「じゃあ何の御用でしょう」と森幸乃が問いただした。

「こちらは森さんのお宅ですよね」安倍純が確認を取った。「森さちこさんはいらっしゃいますか？」

「いません」部屋の住人がにべもなく答えた。

安倍純はいったん私を振り向いて、助けを求めるような弱腰の視線を送った。あるいは恨むような視線だったかもしれない。伯父さん！　と姪っ子の声が叫んだ。もうちょっとかかる、と答えて私は電話を切り、安倍純の次の台詞《せりふ》を聞いた。

「僕はその、以前ここに住んでいた、森さちこという女性を探してるんです」

「以前って何年前ですか」

「……八年ほど前に」

「あたしがここに越してきたのは去年なんですよ」

「そうですか」安倍純はうつむいて吐息《といき》を洩《も》らした。「たぶん、偶然名字が同じだけで、親戚《しんせき》でも何でもないんでしょうね？」

「残念だけど」森幸乃の態度がすこしだけやわらいだ。「うちの親戚にさちこという名前の女性はいないと思います」

「そうじゃないかと、最初から心配してたんです。あれからずっと、彼女がここに独りで住み続けてるなんて、そんな、虫のいいことを考えるほうがどうかしてますよね。ただ、ここまで来てみたら森と表札が出ていたので驚いて、それに、思い切ってドアチャイムを鳴らしてみたら」

安倍純が私のさきほどの応対の仕方を思い出している気配が伝わったので、すいません、と私は先にふたりのどちらへともなく謝り、それから森幸乃にむかって言い訳した。

「森さちこ、というのがきみの本名かと思ったんだ」

「どうしてですか」森幸乃が好奇心をしめした。

「どうしてかな。別に理由はないけど、咄嗟《とっさ》にそう思った」

「もしかして、あたしの名前を、森さちの、とでも読んでたんですか？」

「いや、森ゆきの、と正しく読んでたよ」

「じゃあどうして？　さちことゆきのじゃ全然ちがうじゃない」

「どうしてだろうね」

このやりとりの最中に安倍純がいきなりうずくまった。

ドアのへりをつかんでいた彼の手がゆっくりと下へ滑ってゆき、最終的につかみ所を失って捩《ねじ》れるようにして離れた。と同時に安倍純の身体は前のめりに倒れた。閉まりかけたドアが彼の腰骨のあたりに当たってゴツンと音をたてた。

はだしで玄関先に降り立った森幸乃と、ドアを手で押さえた私に対して、安倍純は顔を伏せたまま、だいじょうぶ、と呟《つぶや》いてみせた。

安倍さん？　と森幸乃が声をかけると、再び、だいじょうぶ、と呟き返した。

あんまりだいじょうぶそうには見えなかった。

2

それから約一時間後、安倍純と私はハンバーガーショップにいた。

森幸乃の住むマンションから歩いてほんの数分の場所にある、ガラス張りの、明るくて清潔で広い店だった。二十ほどあるテーブル席のひとつに私たちは向かい合い、ただし顔は見合わせずに、カウンターの奥で立ち働く若い男女の様子を眺めていた。そうやって森幸乃が現れるのを待っていた。

約一時間のあいだに、ポケットの携帯が三度震えた。一度目と二度目は私の姪っ子からで、もう待ち切れないので自分らだけで出発するという内容と、いまカラオケボックスに到着した、場所はわかってる？という内容だった。

三度目は地元の新聞の文化部の人間からで、何だかわからないけど森くんが連絡を取りたがってるみたいですよ、彼女に携帯の番号を教えて直接かけさせましょうか？というものだった。それでこちらから森幸乃のマンションに電話を入れてみた。

「いまどこですか？」と森幸乃は電話がつながるなり訊ねた。

「マンションの近くだけど」

「どこにいるんです？」

「モスバーガーにいる」

すると、しばし沈黙があって、彼女はこう言った。さっきの男の人とまだ一緒でしょ？

「うん、まだ一緒だ」

「やっぱり。あたしがそこに行ってもかまいませんか？」

「やっぱりって？」

「はい？」

「やっぱりっていま言わなかった？」

「別に。深い意味はないです。ただ、そんな気がしただけ。あたしがそこに行ってもかまいませんよね？」

「マンションの大家さんに確かめてみた？」

「ええ、一応。その話もあるし」

「だったら彼は話を聞きたがるんじゃないかな」

「ねえ、あれから二人でモスバーガーに入って、ハンバーガーを食べたの？」

「そうだよ」

「詳しい話が聞けました？」

「いや。どうして？」

「身体の具合はだいじょうぶなのかしら」

「いまは良さそうに見える。今日中に東京に帰ると言ってる。会社が大変な状態らしい」

「そういう話は聞いたんですね」

そういう話をぽつりぽつりとしながら、安倍純はハンバーガーを二個ぺろりとたいらげ、コーンスープを飲み、そのあと私に勧められてアイスコーヒーを注文したのだった。

森幸乃の住むマンションを出たあと、二人でバス停までの道を並んで歩く途中に、できれば自分はもうすこし日陰で休んでいきたい、急がれるのだったらお先へどうぞ、というようなごく自然な提案を安倍純がした。それはたぶん自分はしばらく独りでいたい、見ず知らずの私と一緒にバスを待つような気分ではない、との意味だろうと私は想像をつけた。つけた上で、試しに（私のほうは独りでバスを待つような気分ではなかったので）、たまたま通り道に目についた看板の店へ誘ってみたのだ。

安倍純は断らなかった。必ずしも独りでいたいわけではなかったのかもしれない。彼の顔色はハンバーガーを食べるあたりから徐々に回復した。二個目にかかる頃には、私の名前や職業をあらためて訊ねる程度の余裕もみせた。さきほど意識を失いかけたのは、ひょっとすると単に空腹からくるめまいに過ぎなかったのではないかと、相手の質問にぽつりぽつり答えながら私はそんなふうにも思った。

私たちは互いに思いついた質問を投げかけ、答えを返すということを順番に繰り返した。だがあまり突っ込んだ話にはならなかった。名刺に印刷されているカタカナの名前の会社が、具体的に何を扱っている会社なのか彼は話さなかった。聞けば教えてくれたかもしれないが私は聞かなかった。私が小説を書いていることを知ると安倍純は少し関心を示してくれたが、その関心の示し方も初対面の相手に対する礼儀の域を越えてはいなかった。彼は私の本を読んだことがなかったし、だいいちペンネームを聞いたことすらない模様だった。

さっきの森さんは、と安倍純が質問した。何をしている人ですか。もともとは印刷会社で働いている人だと私は教えた。でも特技をいかして地元の新聞の日曜版に漫画を描いたりもしている。それがなかなかの評判になってもいる。去年、私が新聞にエッセイを連載したときにもカットをお願いした。森さんと私にはそういう仕事上のつながりがある。

そうですか、と安倍純は相槌を打った。そのあとで、今日彼女の部屋にあがりこんでいたのも仕事上のつながりですか？　と率直に聞かれれば私は答えに詰まったはずだが、むろん彼はそんなことは聞かなかった。私も余計な補足はしなかった。実は森幸乃と会って話すのは今日が初めてだという事実も伏せておいた。

そこまでで、私たちの会話は途切れた。私はタバコを吸い、一本勧めてみたが安倍純は首を振った。そこへ三回目の電話がかかり、森幸乃が連絡を取りたがっているとの伝言を聞いた。私はいったん席を立ち、店の外に出て日盛りの道で森幸乃と話した。それから中へ戻ると、安倍純はカウンターの奥のほうをぼんやり眺めていた。

調理場では若い男がふたりと、若い女がひとりの三人が働いていて、レジには別の若い女がひとりいた。調理場とレジのあいだには頻繁《ひんぱん》に行き来があるようだった。特にひとりの若い女は調理場に入ったり、レジに戻って客の相手をしたりを繰り返した。調理場に入るたびに若い女は若い男のひとりに話しかけた。ちょっとだけ油を売るという感じで、話しかけるときに必ず手で男の肘《ひじ》のあたりを触《さわ》った。すると男の顔に笑みが浮かんだ。もうひとりの男はふたりに関心を払わず黙々と仕事をこなしていた。もうひとりの女もふたりが何を喋《しゃべ》っているかには関心がなさそうだった。

そんな四人の様子を安倍純はぼんやり眺めていた。私はしばらく彼と同じものを見て、それから彼に伝えた。さっきの森さんがここに来ると言ってる。以前あの部屋に住んでた人のことで大家さんに聞いてみてくれたらしい。

そうですか、と安倍純は答えた。

3

さきほど部屋の前で別れたときと同じ軽装（Tシャツにジーンズ）のまま現れて、私の隣に腰かけた森幸乃はまず、安倍純に謝ることから始めた。

ざっとこういう内容だった。

さっきは玄関先で追い返すようなまねをして申し訳なかった。あのあと反省したのだけど、やっぱり自分は安倍さんを引きとめるべきだったと思う。少なくともこの暑いさなかに、身体の具合の悪い人を外へ追い立てるようなまねはすべきじゃなかったと思う、たとえ相手が見知らぬ男の人でも。

それに、自分がいま住んでいるあの部屋には、八年前に安倍さんの恋人が住んでいたわけで、きっと安倍さんは懐かしかったはずだ。あの玄関も、リビングへの廊下も、奥のドアもたぶん昔と変わってないだろうし、八年前に恋人と過ごした部屋を安倍さんは懐かしく思い出していたはずだ。でも自分はそんな人の気持には気づかなかった。言い訳になるけれど、今日は予想もしない出来事がひとつ起こって、頭の中が混乱していた。自分のことにしか考えがまわらない状態だった。ちょっとあがって休んでゆきませんか？　とひとこと言えばいいのに、それがさっきは言えなかった。ごめんなさい。

「とんでもないです」

と安倍純は答えた。

「さっきは冷たい物もいただいたし、しばらく休ませてもらったじゃないですか。それで充分です。見ず知らずの男なのに、こんなに親切にしてもらって悪いなあと逆に思ったくらいですよ」

私も同感だった。

玄関のあがり口にすわり込んで安倍純が五分ほど休んでいるあいだに、森幸乃は奥から冷たいおしぼりとグラスに入った麦茶を持ってきて与えた。そのあとで、そばに突っ立っている私に、だいじょうぶかしら？　と訊ね、私が何も答えられないのを見て、こんどは安倍純に、タクシーを呼びましょうか？　と訊ねた。だいじょうぶ、と安倍純が両方の質問に答えた。歩けますから。そして実際に彼は立ちあがってみせた。そういうなりゆきだった。

森幸乃がカウンターで注文しておいたコカコーラを従業員がテーブルまで運んできた。レジのそばと調理場とを行ったり来たりしているほうの若い女だった。そのあいだ話が途切れ、私はたったいま森幸乃が口にした「予想もしない出来事」という表現にこだわっていた。その話を彼女に伝える役目をはたしたのは私なのだ。

さきほどリビングで向かい合って私がその話を伝えたとき、彼女はさほど混乱している様子には見えなかった。最初から最後まで冷静に受け答えをしたし、感情をあらわにする場面は一度も見られなかった。しかし本人が混乱していたと言うのだから混乱していたのだろう。たぶんいまのが本音なのだろう。

森幸乃がコカコーラを容器からじかにひとくち飲んだ。

「でも頭が混乱してたというのは、何となくですが判ります」と安倍純が言い、アイスコーヒーの紙コップを片手で包みこんだ。中身はほとんど飲みつくされていて残っているのは溶けかかった氷だけだ。「僕のほうも、そう言われてみれば、今朝から自分のことにしか考えがまわらない状態でした。いまはやっと落ち着きましたけど」

いまは彼は背広を脱ぎ、ネクタイをほどいて半袖のワイシャツのボタンを上から三つ目まではずしていた。

私はこれから彼が、「八年前の恋人」と森幸乃が表現した人物、つまり森さちことという名前の女性について何かを語りはじめるのではないかと思った。もしくはその「八年前の恋人」という表現にこだわって、実はそう呼べるほどの関係じゃなかったんですと否定してみせるのではないかと。

だが彼はそうしなかった。紙コップを傾けて溶けかかった氷をひとつ口にふくみ、控えめな音をたてて嚙《か》み砕いたあとで、

「予想もしない出来事って？」

とふいに思い出したように呟いただけだった。それは森幸乃の私生活に関心を示すというよりも、単なる好奇心からという感じの質問で、私が彼の立場でも同じ質問をしたと思う。予想もしない出来事、という表現をする親切な女性に出会えば、誰でもそのくらいの質問は思いつくだろう。

「そういえば」と私は割って入った。「大家さんに電話した話はどうなった？」

するとと森幸乃が説明した。

去年彼女が引っ越して来る前にあの部屋に住んでいたのは、やはり一人暮らしの女性だったが名字は森ではなかった。その前の住人も森さんではなかったようだ。もっと前になるといますぐには思い出せない、明日になっても思い出せないかもしれない、とマンションの大家さんは語った。ただし、もっと前に住んでいた人も一人暮らしの女性であったことは確かで、なぜって、十年ちょっと前にマンションが建って以来、あのフロアの全室には全員独身女性に入ってもらうようにしてきたからだ。それで自分の記憶によると、みんな結婚して出ていくことになっている。そういう幸運なマンションにいま住んでるのよ、森さん、だからあなたもがんばって良い人を見つけてね。

「みんな結婚して出ていく？」

「ええ」森幸乃が苦笑いを浮かべて私を見た。「あそこに住みはじめたときはみんな独身で、出ていくときには結婚が決まっている、そういうことらしいんですね。最初に部屋を見に行ったときにも同じ話を聞かされて、つまらない冗談だなって思ってたんだけど、冗談じゃないのかもしれない」

安倍純は小さくひとつうなずいて見せたが、何も感想は述べなかった。

「そういうわけで、安倍さんがお探しになってる森さんのことは、あのマンションからは何もたどれないみたいです。もしその森さんのご実家がこの街にあるのなら、電話帳で調べてみることはできますけど、でも、それくらいは、とっくにやってみられてますよね？」

「いや」と安倍純が答えた。

「さっきハローページを開いて、森という姓で記載されてる電話番号を見てみたんですけど、ざっと数えても六〇〇軒くらいあるんです。その森さんのご実家のある町名とか、ご両親のお名前とかわかれば、なんとかなると思うんですが。わかりますか？」

安倍純は首を振ってこう言った。

「すいません。ご親切に、どうもありがとう」

「いいんです。簡単にできることをやってみただけですから」

そのあと二人は黙りこみ、私にも言うべきことはなかったのでテーブルにしばし沈黙が降りた。

森幸乃は静かにコカコーラの残りを飲んだ。安倍純はまたカウンターの若い従業員のほうへ視線をむけた。私はこのあと、つまりこの三人の集まりが解散になったあと、安倍純と一緒にバス停でバスを待つべきか、それとも森幸乃と残って「予想もしない出来事」についてもう一言二言話してみるべきなのか迷っていた。するとズボンのポケットでまた携帯が震えた。こんどは妻の声だった。姪っ子はカラオケで安室奈美恵の曲でも歌っているのだろう。

私は妻と話すために店の外に数分出ていた。店内に戻り、テーブルのそばまで歩いてゆくと、森幸乃と安倍純が同時に私を振り返り、そしてふたりで顔を見合わせた。明らかに、私のいない数分間にふたりのあいだに何らかの重要なやりとりがあった模様だった。

「急ぎます？」と森幸乃が私に言った。

「別に、それほど急いではいないけど」

「だったら」と森幸乃は安倍純にむかって言った。「小説家の意見も聞いてみたら？」

私は再び森幸乃の隣に腰をおろした。タバコをつけている途中で、やっと安倍純が切りだした。

「仮定の話をしてたんです」

「うん」

「別れた男が突然訪ねてきて、借金を申し込むんです。女は貸してくれるだろうかって、森さんに訊《き》いてみてたんです」

「男は金に困ってるわけだね」

「もちろんです」

「別れたのはいつ？」

「八年前」

「借金の金額は？」

「二〇〇万」

私は森幸乃の横顔に目をやった。彼女は視線を合わせずにこう補足した。

「しかも女は別の相手と結婚してるんです」

「男は」

「結婚してます」と安倍純が答えた。

私はタバコを吸い、しばらく真剣に考えるふりをしてから言った。

「女は別れた男に二〇〇万も貸したりはしないんじゃないか？」

「馬鹿げてると思いますか」と安倍純が言った。

「森くんはどう思うの？」と私は逃げ道を探した。

すると森幸乃は今度は私の視線をうけとめて、

「あたしなら、もし二〇〇万持ってたら貸してあげるかもしれない」

と答えた。

4

女と最後に会ったのは八年前、つまり彼女がいまの森幸乃の部屋に住んでいた頃の話だ。その日安倍純は今日と同じように東京からこの街にやってきて、彼女と会った。それがほぼ一年ぶりの再会だった。

一年前とくらべて彼女自身はそれほど変わってないように見えた。変わったのは仕事と、住む場所だけで、そのことについては自分に責任があると安倍純は感じていた。なぜなら、そのことは一年前に、ふたりで東京へ駆け落ちしたせいでそうならざるを得なかった結果だったからである。

といっても、もともと安倍純のほうは東京に住んでいたわけだから、駆け落ちという呼び方は正しくないかもしれない。説明するとこんな事情だった。

当時、安倍純はまだ自分の会社をおこす前で、勤め先の出張で月に一度はこの街を訪れていた。そして出張のたびに顔を出す取引先の事務員として、森さちこは働いていた。そうしてふたりは知り合い、恋に落ちた。通りの良い言葉で呼べば、ふたりの関係は遠距離恋愛ということになる。だが実情は不倫だった。安倍純には当時すでに妻子がいたからだ。

彼が東京に戻る日には、空港行きのバスを見送るのがいつの頃からか女の習慣になっていた。どんな理由をつけて会社を抜け出すのか、バスの発車時刻前に彼女はかならずターミナルに駆けつけた。そのときもいつもと同じだった。バスを待つ乗客の列に彼が並んでいると、事務員の制服姿の女が現れてそばに寄り添った。

ただ、いつもと違うのは、ふたりともそれが最後の別れになるかもしれないと知っていたことだ。安倍純は勤め先を辞めて自分で会社をおこすことを決めていた。そうなるとこの街への出張はなくなる。出張がなくなれば遠距離恋愛は成り立たなくなる。出張があってもなくてもお互いに会おうと思えばいつでも会える、つまり遠距離恋愛は立派に成立するような気がするが、そのときのふたりはそうは考えなかった。特に女のほうに冷静な理屈は通じなかった。

いつものように空港行きのバスがブースに入ってきて、乗客の列が前に進みはじめた。いつものように安倍純はバスに乗り込み、窓際の席に腰かけた。あとは窓越しに手を振ればいつもの別れになる。だがそうはならなかった。バスの発車前に森さちこの姿は消えていた。どこか人目のないところで彼女は泣いているのかもしれない。バスが動き出したとき、安倍純はそんなふうにメロドラマ風の想像にふけっていた。だがそうではなかった。

「彼女はバスに乗ってしまったわけね？」と森幸乃が確認の質問をした。

「そうです」と安倍純が（当然）答えた。「彼女は僕の隣にすわって、一緒にいくと言いました」

「空港まで？」と森幸乃がまた確認した。「それとも東京まで？」

「さあ、そのときはどっちの意味だったのか、よくわからないな。なにしろ彼女は事務員の制服を着て、荷物も何も持ってないわけだし。でも結局、空港でも別れきれずに一緒の飛行機に乗りました」

「事務員の制服のままで」と私。

「ええ」

「一緒に東京に来られても困るって思わなかったんですか？」と森幸乃が質問を続けた。

「思ったでしょうね」

「じゃあどうして？」

「もうよく憶《おぼ》えてません。東京に行けば行ったでなんとかなるだろうと思い直したのかもしれない。僕もいまよりずっと若かったから、身体も、気持ちも。だからいまよりずっと楽観的に物事を考えられたのかもしれない」

「それで？」と森幸乃。

「それで彼女は一カ月ちょっと東京にいたと思います。ずっとホテル住まいです。そのあいだほとんど毎日彼女とは会ってました、なんとかなるだろうと思い続けながら。でも無理でした。僕には新しく始める商売のこともあるし、家庭もある。彼女は彼女で、東京で仕事をみつけて暮らしていく決心まではつかない。どう話し合ってもうまい解決策は見つからない。お互いに、精も根も尽き果てたという感じで、ある晩彼女のほうからこう切り出してくれました。あなたに、もうこれ以上、迷惑はかけたくない」

そのひとことを残して、森さちこはこの街へ戻って来た。

戻って来たはいいけれど、彼女が勤めていた会社は、用事をすませに出たまま一カ月以上も帰らなかった事務員を二度と受け入れてはくれなかった。彼女の実家の親たちも、世間に言い訳の立たない突飛な行動に走った娘をあたたかくは迎えてくれなかった。で、彼女は新しい就職口を探し、実家を出て一人暮らしをするためにそれなりの苦労をすることになった。

それなりの苦労が実をむすび、一人暮らしがあたりまえの生活になりはじめた頃、つまりおよそ一年後、安倍純の自宅に彼女から突然電話がかかってきた。東京に一カ月ちょっと滞在していたとき、万が一のために（ただし、よほどのことがない限り絶対電話はしないという約束で）教えてあった番号のメモを、そのときまで彼女は大切に保管していたのだろう。それが実のところ初めてかかってきた電話だった。

むろんまだ携帯電話を誰もが持ち歩く時代ではなかったので、その電話に妻でも子供でもなく安倍純本人が偶然出たという幸運には、いまわれわれが思う以上に大きな意味があったに違いない。その電話からまもなく、安倍純はスケジュールをやりくりして、すなわち妻の目を盗んで、森さちこに再び会うためにこの街にやって来た。

それが八年前の、ふたりが最後に会った日のことだ。

その日安倍純は森さちこの部屋に泊まった。そして翌日、以前の習慣通りに空港行きバスの出るターミナルでふたりは別れた。別れ際に、安倍純は、帰ったら電話する、と彼女に約束した。自宅にかけると迷惑になるだろうし、あたしからはもう電話はしない、そのかわり時々はあなたのほうからかけて、という森さちこの発言を受けての約束だった。帰ったら電話する。彼がそう言うと、うん、と彼女は笑顔でうなずいてみせた。それから彼はバスに乗り込み、以前と同じようにバスの窓越しに、手を振って見送る女の姿を最後に目に焼きつけた。たぶん以前とは別の事務員の制服に身をつつんだ女の姿を。

だが安倍純はその約束をなかなか果たせなかった。東京へ戻れば東京での忙しい生活が待っている。来週あたり長距離電話をかけてみようと思いつくことはあっても、来週になってみると忘れているという繰り返しで月日は流れて行った。その間、森さちこのほうからも自宅に電話はかからなかった。少なくとも安倍純本人が取った電話の中に彼女からのものはなかった、というのがより正確かもしれないが。

ようやく彼が約束を果たしたのは、最後の別れから三年も経ったときのことである。つまりいまから五年前の話だ。ある晩、安倍純は自宅で独り目覚めていてぼんやり考え事をしていた。考え事の中には森さちことの思い出も含まれていた。彼女のマンションの電話番号は古い手帳にメモしてあったので、それを探し出してきてリビングの電話からかけた。三年ぶりにどんな挨拶《あいさつ》をすればよいのか決心がつかぬまま番号を押した。妻と子供は寝室で眠っていたのかもしれないし、それぞれどこかへ出かけていたのかもしれない。いずれにしても同じことだった。森さちこへの長距離電話はつながらなかったからだ。深夜のリビングで息を詰めていた安倍純は、この電話は現在使用されていないという音声ガイダンスを聞くことになった。

「そのとき、彼女のことが心配にならなかったんですか？」と森幸乃がまた質問をはさんだ。

「いや、それほど心配はしなかったように思う」安倍純は本音で答えた。「むしろ逆ですね。電話がつながらないということは、彼女はあの一人暮らしの部屋からどこかへ引っ越したと考えるのが自然なわけだし、実家に戻った可能性もあるけど、でも過去のいきさつとか考えると、そうではなくて、たぶん、彼女は誰かと結婚してあの部屋を出たんじゃないか。そのときはそう考えました。彼女が結婚したのであれば、それはそれで、僕が言うことじゃないだろうけど良かった、良かったなって、本気で思ったような気がします」

「でも、だったらどうして？」

「はい？」

森幸乃の、だったらどうして？　という疑問はもっともだと思ったので、私が代わりにより具体的に訊ねた。

「彼女はあの部屋から引っ越した、と五年前に安倍さんは考えたわけでしょう？　だったらどうして、今日になってあの部屋にまた戻って来たんです？」

「変ですよね、確かに」

と安倍純は答えた。そのあと生あくびをひとつかみ殺した。

「失礼。実のところ、ゆうべからろくに寝てないんです。さっきも言いましたが会社がいま大変な状態で、目先のことには追いまくられるし、そんな状態なのに時たまぽっかり空白の時間があって、ずっと前の出来事をあとからあとから思い出してみたり、どっちにしても考える事が多すぎて疲れます。でも疲れてても眠れないんです。もう不眠症寸前です。目先のことって、たとえば今月末の手形の期限のことなんですが、これが落ちないともう会社はだめです。潰《つぶ》れます。ゆうべはその金の算段をずっと考えてて、でもいまさら考えても良いアイデアなんか浮かばないんですよね。借りれるところからは借りつくしました。僕のほうの親戚も妻のほうの親戚も。友人、知人、同級生、当たれるところには全部当たりました。でも金はできません。どうしても二〇〇万足りないんです」

「その二〇〇万を？」と森幸乃が言った。「昔の恋人から借りようと思ったんですね？」

「彼女以外にもう誰も思いつかなかったんです。思いついたとたんに、彼女なら相談に乗ってくれそうな気がして、五年ぶりにもう一度同じ番号にかけてみたけど、全然関係のないところにかかった。それで直接会って頼むしかないと思って、眠れないまま羽田へ向かいました」

もっと詳しく言えば、彼は眠れないままシャワーを浴び、髭をあたり、洗濯したての夏服に着替えて羽田へ向かった、と私は心の中で付け加えた。

「ところがこっちに着いてみたら彼女を探す手立ては何もない。僕が覚えてるのは彼女の大昔の勤め先と、彼女と泊まったことのあるホテルと、それからあのマンションだけです。で、とにかく藁《わら》にもすがる思いで記憶にある場所へ行ってみたらまだあのマンションが建っていて、記憶にある部屋には『森』という表札が出ていました。それで、気づいたらドアチャイムのボタンを押していました」

で、その音にこたえたのが私で、気づいたら私たちはここにこうして三人ですわっているわけである。
「でも、もう大丈夫です。おかげで、ここでこうやって休んでるうちに目が覚めました。自分の馬鹿さ加減に気づきました。これ以上彼女のことを探すつもりもないし、借金のことも諦《あきら》めます」

5

それからおよそ三十分後、私たち三人は森幸乃の車でバスターミナルへ向かっていた。そこから空港行きのバスが出る。

車で送ると言い出したのは森幸乃だった。ハンバーガーショップでの別れ際に、安倍純が腕時計に目をやりながら、最終便で東京へ帰るつもりでいる、といちど私にした話をくりかえしたとき、良かったらあたしに送らせてもらえませんか？　と彼女のほうから申し出たのだ。その申し出は、私の耳には、東京まで送らせてくれませんか？　というくらいに積極的に響いた。

安倍純はここでも断らなかった。ただ、空港行きのバスの時間にはまだ充分余裕がありますから、とちょっと遠慮してみせただけだった。私は、行先がバスターミナルと同じ方角でもあるし、安倍純が断らないのなら便乗させてもらうことにした。そしておそらくこの時点で（三人でバスターミナルへ向かうことになった時点で）、森幸乃の計画はほとんど成立していたと思う。彼女は腹を決めて、われわれを車で送ると申し出たのだ。あとは私を説得するだけだと思っていたに違いない。

私は書類用の封筒を小わきに抱えて助手席にすわった。後部席にすわった安倍純は、「恩にきます」と大げさな言葉を使って運転手に礼を述べた。その言葉は、ちょっと前にハンバーガーショップで私に向けて口にされた言葉とまったく同じだった。もともと、ちょっとした出来事にたやすく感動してしまうたちの男なのかもしれない。あるいは、経営する会社の立て直しのために、その手の言葉を使い慣れているのかもしれなかった。

車が走り出すと、しばらく黙っていた安倍純が、ふいに私の名を呼び、こう言った。

「さっきの話ですが、……見送りのはずが東京まで一緒についてきてしまったという」

「うん」

「あれは小説になりますか」

私は後ろを振り返って安倍純の表情を読み取ろうとした。彼は窓の外の景色に目を向けて喋っていた。真剣に受け答えするほどの話ではないのかもしれない。

「どうかな」私は前に向き直って言った。「書き方によるだろうけど」

「書いてもいいですよ」

「そう」

「それ以外に何の御礼もできませんし」

「御礼？」

「今日はご迷惑をかけた上に、親切にしてもらいました。思い出話も聞いてもらったし、ハンバーガーまでおごってもらった」

運転席の森幸乃が私を振り向くのが気配で判った。

「どうしてふたりとも、ここまで親切にしてくれるんだろうって、さっきから考えてたんです。地方の人ってみんなそうなのかな？」

今度は私が森幸乃を振り向いて、彼女と私の視線がぶつかった。そのあとしばし沈黙が訪れ、森幸乃が何も発言する様子がなかったので、仕方なく私が口をひらいた。

「行きがかり、という言葉があるでしょう。行きがかり上、避けられない。別に好んで世話を焼きたいわけじゃないけど、そういう場面に出会うと、ついそうなってしまう」

「行きがかり上、避けられない」

とおうむ返しに呟いたのは、安倍純ではなく森幸乃のほうだった。

私はその言葉に特別深い意味を持たせたつもりはなかった。だが森幸乃の耳には、持たせたつもりのない意味が伝わったのかもしれなかった。今日の私の役目に対する言い訳のように、彼女には聞こえたかもしれない。

「さっきの話ですが」と安倍純が唐突に言った。「もう少し続きを話してみてもいいですか？」

「続きがあるの？」と森幸乃が訊いた。

「続きというか、付け足しです。実はあのとき、彼女が僕を見送るために会社を抜け出せたのは宝くじのおかげだったんです」

「宝くじ？」と私。

「宝くじです。彼女の会社の上司や同僚のあいだで宝くじが流行《はや》ってたらしいんです。あの日、みんなの注文をうけて彼女はお使いに出ました。それで、いわばそのついでに、バスターミナルに僕を見送りに来ることができたわけです」

「要するに」と森幸乃が先走った。「見送りに来たときまでは、彼女は宝くじを買って会社に戻るつもりだったということ？」

「違います」

と安倍純が答えた。

「彼女はお使いを済ませたあとで、見送りに来てたんです。だから彼女は会社のみんなに頼まれた宝くじを持ったままバスに飛び乗ったわけです。空港で、彼女はその話をしました。羽田行きのチケットを買ったあとです。どうしよう、当たっちゃったら、って彼女は心配してました。もちろん冗談っぽくですが。でも、僕は半分は真剣に思った。その宝くじが当たればいい。もし当たったら、それはきみの運だと僕は彼女に言いました。むこうで洋服でも何でも好きなだけ買い揃《そろ》えるといい」

「それが……本当に当たってればね」と森幸乃が呟いた。

「同じ台詞を彼女も言ったような気がする、東京でホテルを引き払うときに。そのときには、僕のほうがそんな夢みたいな話には飽きてましたが。近頃、なぜだかそんな記憶が不意によみがえったりするんです。いまさらどうでもいいような、些細《ささい》な出来事ですが。どうでしょう、いまの宝くじの話は小説に書けませんか？」

「書けるかもしれない」

私はフロントガラス越しに前方の信号を見て、少しだけ考えた。信号の色が黄色から赤に変わるのを見届けてから続けた。

「その宝くじが本当に当たっていたという設定でね」

「……そうか」後ろで安倍純がすわり直す気配があった。「小説だとそうなるのか」

「当たらないと話にならない。当たって、大金が入って、男と女と、男の妻と子供と、四人の運命が変わる。そういう話なら書けるかもしれない。男を見送るはずの女が、思わずバスに飛び乗ってしまうのが冒頭のシーンだね。いや、バスよりも列車のほうがいいかもしれないな。駅のホームで男を見送るはずの女が、思わず新幹線に飛び乗ってしまう」

信号待ちのあいだ、森幸乃はちらちらと私の横顔をうかがっていた。私が喋っているあいだは、私がどこまで本気なのか表情を読んでいたのだと思う。喋り終わってからは、何か別の話を切り出すタイミングを測っていたのだと思う。

まもなく車はバスターミナルに着いた。

降り際に、安倍純はもう一度、恩にきますという言葉を使って私たちふたりに礼を言った。それから私に、ほんとに書いてくださいよ、と念を押した。約束する、と私は答えた。次の長編で書くよ。

そして安倍純が、荷物といえば脱いだ上着を片手に持っただけの安倍純の姿がターミナルビルの中に消えると、道路際に停めた車の中に森幸乃と私のふたりが残った。

6

「相談があるんです」

と森幸乃が言った。

言ったあとでダッシュボードの灰皿を引き出してくれた。吸ってもいいかな？　と断る必要がなくなったので、私は片手でもてあそんでいたタバコの箱から一本取り出して点《つ》けた。灰皿はきれいに掃除されていた。使った跡が見えないくらいに。

「事務員が会社の同僚たちから宝くじを頼まれる」と私は頭の中を整理するために言った。「その事務員がお使いを済ませて、男を見送りに駅に寄り道する。ところが別れづらくなって、はずみで男と一緒の列車に乗ってしまう。もちろんそのときは頼まれた宝くじのことなんか忘れてるだろう。思い出すのは、東京に着いてしばらく経ってからのほうがいい。調べてみると、それがなんと一等に当たってる。ここまで話の流れに無理はないと思うんだ。こんな小説はつまらないかな？」

「本気で喋ってるんですか」

「もちろん本気だ。今日きみに喋ったことは全部本気だし、これからきみに喋ることも全部本気に取ってくれていい」

「相談があるんです」

「このお金のことだろ」

私は例の封筒を森幸乃の膝《ひざ》の上に載せた。

森幸乃は自分の両膝に視線を落とし、それからゆっくり顔をあげて私を見た。半分笑いたがっているような、半分不思議がっているような微妙な表情だった。

「いいんですか」

「うん」

「うん、って。あたしがこのお金をどうするつもりかわかってるんですか」

「わかってても、わからなくても、それをきみに渡してくれと頼まれたんだ。役目を果たせてむしろほっとするよ」

「これ、安倍さんに貸してあげます」

「そう」

「そんなの馬鹿げてる。そう思いません？」

「思うよ」

またしてもズボンのポケットで携帯電話が震えている。私は助手席側の窓をあけてタバコの煙を追い出し、タバコを灰皿に捨て、灰皿を中へ押し込んだ。

「馬鹿げてるといえば、今日のことは全部馬鹿げてる。金を渡してくれと頼むほうも頼むほうなら、引き受けるほうも引き受けるほうだと思う。だいたい僕は最初からこの役目が気に入らないんだ。こんな役目を引き受けた自分が気に入らない」

「じゃあ引き受けなければよかったのに」

「その通りだ。引き受けたあとでそれに気づいた。気づいたときにはいつも手遅れなんだ。学校が夏休みで、姪っ子がうちに遊びに来てて、今日は一緒にカラオケボックスにつきあう約束だった。僕がこんなだから、いまは妻がひとりで相手をしてる。いったいどこで何をやっていたのか、たぶん妻にはあとで問い質《ただ》されるだろう。もちろんこんな馬鹿げた話を妻にするつもりはない。適当な嘘《うそ》でごまかすよ。でも妻はその嘘を見破る。間違いなく見破って、しばらくのあいだ不機嫌になる。前にもこんなことがあったから、それはわかってる」

「前にもこんなことがあった？」

「これと同じことじゃなくて、ただ、妻に言えないような馬鹿げたことならこれが初めてじゃない、そういう意味。だから、馬鹿げたことに対する免疫ができていると言えば言える。人が馬鹿げたことをやってもあんまり驚かない。きみがそうしたい気分なら、好きにしたらいいと思う」

「安倍さんは受け取ると思いますか？」

「地方の人ってみんな親切なのかな？　ってまた思うんじゃないかな」

「さっき全部本気で喋るって言ったのに」

「八年前だろうと何年前だろうと、別れた女に金を借りにくるというのも馬鹿げてるよ。本当のところはそうじゃないのかもしれない。彼はただ、東京でどうしようもなくなって、昔の女を頼ってこの街に逃げてきたのかもしれない」

「でも会社が大変な状態だから、東京に帰るって言ってますよ」

「ここがだめなら、ほかにどこに帰る場所がある？」

「あたしは、ちょっと違うような気がするな」森幸乃は膝の上の封筒を取り上げて中を覗《のぞ》いた。「彼は本気だったと思う。もしその森さんて人に会えさえすれば、仮に、その人がいまでもあの部屋に住んでいたとしたら、お金を作ってくれると本気で信じてたような気がする。でも、どっちでもいいです。これにサインすれば、この二〇〇万はあたしのものになるんですね？」

森幸乃の手は小型の薄手の封筒をつかんでいた。その中には折り畳んだ一枚の紙切れが入っている。彼女がそれを開いて黙読した。それから彼女の左手が助手席側に伸びて、ダッシュボードの収納室の扉を開き、中をかきまわしてボールペンを探し出した。

私の目の前で、収納室の扉は手前に開いたままだった。CDのケースが無造作に何枚か重ねて置いてあった。彼女が受け取りにサインするあいだに私はいちばん上の一枚を手に取って見た。そのCDには見覚えがあった。

「奥さんは、どうやってこの金額を決めたのかしら」ペンを走らせながら森幸乃が言った。「こんなときの相場ってあるのかな」

「二〇〇万といえば大金だよ」私はCDケースの裏側の曲目に目をこらして言った。「奥さんはきっと、精一杯のことをやろうと努力したんじゃないかな」

気がつくと森幸乃がじっと私を見つめていた。CDのことで何か言いたいのかと思ったが、そうではなかった。

「ねえ、さっきあたしの部屋で話したとき、このお金は奥さんが渡したがってるんだと言ったでしょ？　そうしないと彼よりもむしろ奥さんの気がすまないんだって」

「ああ」

「それは、彼のことをかばってるように私には聞こえたんだけど、今度は奥さんのほうをかばうんですか？」

私は何も答えられなかった。どう答えるか迷っているあいだに彼女が感情を抑えこんでしまったからだ。

「まあいいや」と森幸乃は軽く唇を噛んだ。「とにかく、これでもう二度と彼とは会いません。こんなものにサインしたからじゃなくて、別にもう会いたくもないから。すみませんけど、もう少し車の中で待っててもらえますか？　これ渡したら、戻ってきて送ります」

「二度と会わないだけじゃ済まないかもしれない」

運転席側のドアを開けるために森幸乃は後方からの車の流れを確認した。

「わかってるとは思うけど」私は彼女の背中に話し続けた。「馬鹿げたことをすると、あとでツケがまわってくる。たとえばこの手の話は噂《うわさ》になるし、噂話は正確には伝わらない。その金をきみがどう使ったかには誰も関心を払わないと思う。きみはただ、手切れ金を受け取った女というラベルを貼られる。皆からそういう目で見られるようになる。間違いなくそうなる。二〇〇万といえば誰にとってもかなりの大金だからね」

森幸乃はドアに手をかけたまま私の言うことを聞いていた。聞こえているのは確かだった。でも振り返りはしなかった。後方からの車の流れがとだえるタイミングを待って、ドアを開け、外に降り立ち、ドアを閉めた。反応はそれだけだった。

片手に現金入りの封筒を持った森幸乃の姿がターミナルビルの中に消えると、道路際に停めっぱなしの車に私だけが残った。そして私は、馬鹿なことを喋ったとひとり悔やんだ。

7

森幸乃に金を渡すように依頼したのは私の知り合いの夫婦で、夫のほうと森幸乃はこの八カ月ほど恋愛していた。

八カ月のあいだに、何がどうこじれて手切れ金の話が持ち出されることになったのか、具体的ないきさつはまったく知らない。ただ、ふたりが出会った頃、つまり恋愛のはじまりの時期のエピソードならひとつふたつ書いておくことができる。

昨年の暮れ、地元の新聞社が文化欄の寄稿者を中心に招待して忘年会のようなものを開いた。連載エッセイのカットを担当していた森幸乃にもその案内が届いた。で、彼女は律義にその集まりに出席した。それがこの業界の習わしで、欠席なんかしたら次の仕事はまわしてもらえないとでも思ったのかもしれない。少なくとも、そう思って心ならずも場違いな世界に入り込んでしまった人間のように、彼女はうぶで頼りなげに見えた。その話を、私はあとで、彼女と恋愛することになった男から聞いた。

彼らは二次会の席で隣り合わせて話し込んだ。まわりから何回もカラオケを勧められて、そのたびに彼女が素直にマイクを受け取るので、ふたりの会話は何回も中断された。それでも歌い終わると彼女はまた彼の隣にやって来て話し込んだ。二次会の頃にはたぶん酔って緊張もほぐれていたのだろう。

そのとき彼女が歌ったのは安室奈美恵だった。三曲か四曲歌った全部が安室奈美恵のナンバーで、当然、ふたりが話し込んだ話題の中にもそれは含まれていたと思う。彼女はこんなふうに喋ったはずだ。十代の頃は安室奈美恵のＣＤもよく聴いていたし、カラオケでもしょっちゅう歌っていた。久しぶりに歌ってみると、やっぱりいいな。新しいＣＤも買って聴いてみようかな。男のほうはその話を聞き逃さなかった。

次に今度はふたりきりで会ったとき、彼は安室奈美恵のＣＤを鞄《かばん》に忍ばせて待ち合わせの場所に出向いた。もちろんプレゼントするつもりで買ったのだが、結局それは無駄といえば無駄になった。なぜなら、待ち合わせの時間に余裕があったから途中で買物してきたと言って、彼女がそれとまったく同じＣＤを先に取り出して見せたからである。

ふたりが同じときに同じ買物をする。同じことを考えている。互いに恋のはじまりを意識するには恰好《かっこう》の出来事だったと想像がつく。その晩彼らは食事をして、少し飲んだ。少し飲んだあとでも別れるきっかけがつかめず、もう一軒寄った。その店で、彼が電話のために席をはずして戻ってみると、森幸乃は紙ナプキンに落書きをしていた。例の彼女が得意にしている幼い女の子のマンガだった。それを見て苦笑したあとで、彼はひとつ質問を思いついた。

「ねえ、まさか家に門限とかないよね？」

「ある」と森幸乃が答えた。

「何時？」

「十一時」

腕時計を見ると時刻はすでに十一時半だった。

しばらく文字盤を見つめたあとで、いまの返事は冗談なのだとやっと気づき、彼が腕時計から彼女の手もとに目をやると、幼い女の子の顔に吹き出しが付いて、「嘘だよ。ゴメンナサイ」と森幸乃が書き込んでいるところだった。

そんな話を私は彼の口からじかに聞いた。

今年の一月のことだ。彼のほうから電話がかかってきて、指定された店に出向いてみると森幸乃の話だった。おまえには一言断っておいたほうがいいと思う、きっかけを作ってくれたようなものだから、と彼は言ったのだが、どう考えてもそれは口実に過ぎなかった。私は自分のエッセイにカットを描いてくれている森幸乃の名前を知っているだけで、電話で話したことすらなかったのだから。たぶん、彼は彼女の話を誰かにしたかったのだろう。相手は誰でもよかったのだと思う。

「よかったらこれを貰《もら》ってくれないか」と話すだけ話したあとで彼が言った。「こんなもの、いつまでも鞄に入れてたら妻に怪しまれるし」

渡された黄色いビニールの袋の中を改めてみると、まだ封も切られていない真新しいCDだった。

「一度も聞かなくていいのか？」

「もう聞いてるよ、一緒のときに。たぶんこれからも何度も聞かされると思う」

「じゃあ貰っとこう。確か姪っ子がファンなんだ、喜ぶかもしれない」

「姪っ子はまだ小学生だろ」

「高学年だって、本人はいばってるよ」

「愛の力を敬《うやま》え」

「うん？」

「安室奈美恵がそう歌ってる、愛の力を敬え、と。名文句だ。姪っ子にはまだ少し早いんじゃないか？」

しかし姪っ子は私のプレゼントを喜んだ。

なかなか会う機会がなくて密《ひそ》かにあたためておいたのだが、夏休みにこっちへ来るという電話がかかったとき、CDの話をしてやると声が弾んだ。弾み具合で彼女が本気で喜んでいることが判った。

安室奈美恵の歌は歌えるかと訊くと、もちろん歌えるという。どのくらい知ってるかと訊くと、ぜんぶ歌える、今度歌って聞かせてやる、と彼女は約束した。

それで今日、私はその約束を果たしてもらうつもりでいたのだが、行きがかり上、こうして道路際に停った車の助手席にひとりすわっている。だから安室奈美恵の愛の力を敬えという歌は、まだ私は一度も聴いたことがない。

空も飛べるはず

1

亡《な》くなったピアノ教師がつけていたという日記の話を、内田繁《うちだしげる》が初めて耳にしたのは十一月十八日の夜のことである。

二〇〇一年、十一月十八日。

それは朝から良く晴れた日曜日で、内田家の三人——内田繁と妻と一人息子は、いつものようにゆったりと午後までの時間を過ごした。日の当たるダイニングキッチンで朝昼兼用の食事を取り、そのあとはおのおの居間のソファでくつろいでテレビを見たり、紅茶を飲んだり、新聞の日曜版のクロスワードを解いたり、庭に現れた隣家の飼猫を呼び寄せて喉《のど》を撫《な》でたりした。

内田家に不幸の種はなかった。一日も早く解決しなければならない問題、解決のために頭を悩ませたり心を砕《くだ》いたりしなければならない問題、そんなものは何も見あたらなかった。

内田繁が専務の肩書を持つ会社は（父が創業者で現社長でもあるのだが）建設業界の不況にもかかわらず業績は安定していた。むろん細かい事をいえば景気の良かった時代の収益とは比べようもないだろうが、そうだとしても危機的な状況からは程遠かった。一人息子は昨年、全寮制の私立中学にあっさり合格して二年生のいまも学年全体でトップ5に入る成績を保っている。担任から送信されてきた最新のEメールには、「操行の面でも、内田君の場合は特にチェックすべき点はありません」と書かれていた。とにかく出来の良い息子なのだ。妻は太る体質を気にしてダイエットに励んでいるが、健康に不安があるわけではないし、だいいち自分で気にするほど太ってもいない。夫婦仲も悪くなかった。恋愛して、結婚して、十五年、喧嘩《けんか》らしい喧嘩もした記憶がなかった。

それが十一月十八日、午後までの内田家の状況だった。

日が傾く前に、内田繁は中学の寮へ戻る息子をJRの駅まで送り、その足で市民文化ホールへ回った。今年の春に帰らぬ人となったピアノ教師を偲《しの》ぶ「音楽の夕べ」という催しに顔を出すためだった。妻は妻でその日は別の用事で夕方から外出することになっていた。

文化ホールのコンサート会場で、内田繁は幼なじみの顔をいくつか見つけ、短い挨拶《あいさつ》をかわした。彼らは小学校、中学校、高校と同じピアノ教室に通った仲間だった。つまり亡くなったピアノ教師の教え子たちだ。ただし、内田繁をふくめて彼らはいまはピアノから遠ざかっていた。息子や娘には習わせても自分で弾《ひ》くことはもうやめていた。で、彼らは客席にすわり、いまでもピアノを弾き続けている教え子たちのショパンやドビュッシーに耳を傾けた。

予定より三十分も長引いたコンサートが終了したとき、内田繁は席を立ちながら、これで義理を果たしたと思った。七カ月ほど前、葬儀に駆けつけて焼香をすませたときと同じように。

もちろん彼女の死を悼《いた》まないわけではない。四月に仲間からその連絡を受けたときも、わざわざ仕事のやりくりをつけてまで葬儀には参列した。だが人の死を悼む気持と、死んだ人に対する個人的な思いは当然別個のものだ。自分は、彼女の教え子といっても、遥《はる》か昔にピアノ教室に在籍していたことがあるという程度の細いつながりしかない。いまでもピアノを弾き続けている本物の教え子たちとは違う。特別に可愛がられた思い出もないし、子供心に美しいピアノ教師を慕っていたという記憶もない。

だいいち中学に入った頃からは野球の練習のせいでピアノを弾く暇なんかなかった。それでも無理をして、というよりも母親に続けろと厳しく言われて週に一度、しぶしぶ教室に通ったわけだが、それも高校生になってからはほんの数回でやめてしまった。記憶はそこで途切れている。だから正直な話、昔のピアノ教師の顔すらよく憶《おぼ》えていない。コンサート会場のステージ上に、モノクロの、引き伸ばしてパネルにした彼女の写真が飾ってあったが、おそらくそれはここ数年のあいだに撮影されたものに違いなく、端正な顔立ちに微笑を浮かべた（白髪まじりの）女性の顔を見ても何の感慨《かんがい》もわかなかった。

コンサート会場からロビイへ出ると、内田繁はしばらくそこに残って人探しをした。「音楽の夕べ」の案内状を郵送してくれた人物に直《じか》に会って、自分が確かにここに来たことを知らせておいたほうがいいと思ったからだ。それで義理はすべて果たしたことになる。その人物は五分ほどして見つけることができた。ロビイの片隅に背もたれのない長椅子《ながいす》をL字型に組み合わせた喫煙スペースが設けてあり、そこで談笑しているグループの中に知った顔がひとつふたつあった。義理を果たすべき相手もそのなかにいた。

まるで入札会場でライバルの同業者を見つけたときのように、内田繁は笑いながら昔の友人のそばへ歩み寄った。

「来てくれてたのね」と高校時代の同級生が言った。

「いいコンサートだった」と内田繁はお世辞を言った。

「おかげさまで。ありがとう」

相手がそう答えて立ち上がり、右手を差し出したので、内田繁は仕方なく握手をした。その同級生はコンサートの裏方のひとりで、亡くなったピアノ教師の姪《めい》にあたる女性だった。握手のあと、彼女はそばにすわってタバコを吸っている男の肩を小突いた。

「ほら、彼が内田君、あたしたちの高校が甲子園に出場したときの」

「ああ」

と男が声をあげた。そしてタバコを消すとすぐに立ち上がった。またこいつとも握手をするのか？　と内田繁は思った。甲子園に出場したチームのエースとして初対面の相手に紹介されることには慣れていた。そういった紹介のあと、場の注目を浴びることにも彼は慣れていた。高校を卒業して、二十五年経《た》つあいだにすっかり慣れた。

「お噂《うわさ》はかねがね」

と決まり文句をつぶやいただけで男は握手は求めなかった。握手を求めないかわりに席を譲ろうとする。内田繁は遠慮してみせた。空いた席に腰をおろせばまた甲子園の話になるかもしれない。

「いいのよ」と同級生が内田繁の肘《ひじ》のあたりをつかんだ。「このひとはもう帰るところだから」

このひと、と呼ばれた男は一つうなずいて内田繁と立ち位置を入れ替えた。それで内田繁は長椅子のいちばん端の空席のそばに立つことになった。男がその場にいるみんなに適用できるカジュアルな挨拶をして、足早に歩き去った。

じゃあね、とこれも似たような挨拶を返した同級生が長椅子にすわり直した。内田繁は歩き去る男の後姿を見送り、彼女の隣に腰かけた。あの男はいまのいままで、自分の代わりに空席を埋めてくれる誰かが現れるのを待ってたのか？　と思いながら。

「ご主人？」と内田繁は訊《たず》ねた。

「うん。ご主人てがらじゃないけどね」と同級生が答えた。

それから甲子園の話になった。

その場にいた誰かが、自分はあの頃大学生で東京にいたのだが、バイト先でテレビにかじりついて母校の後輩たちを応援してバイト仲間にうるさがられたと、当たり障《さわ》りのない、というか凡庸なエピソードを披露《ひろう》し、それがきっかけで自然と思い出話になった。二十五年前、彼らの母校はたった一度だけ甲子園に出場し一回戦を勝ちあがった。進学校として有名な高校の勝利なので、ただの一勝とは意味が違う。いわば奇跡的な一勝である。二回戦が終わって帰郷した選手たち、なかでもエースで4番を打っていた選手は一躍ヒーローとして地元に迎えられた。

その話にまつわる誰彼の思い出は十分から十五分くらいかかって披露された。もちろん内田繁は如才《じょさい》なく相槌《あいづち》を打ちながら、笑みを絶やさずに、その時間を乗り切った。慣れているのだ。そのあと誰かの発言のおかげで、話題は当夜の主役、つまり亡くなったピアノ教師の思い出に移りかけた。ところで先生は、自分がピアノを教えた生徒が甲子園で活躍したってこと、ご存じだったの？　さあ、どうかしら。伯母が野球に興味を持ってたなんて聞いたことがないけど。日記には書いてないのかしら。日記？　ああ、あの日記のことね、あれはだって……。

そのとき離れた所から声がかかった。

声のほうへ片手をあげて応《こた》えると、亡くなったピアノ教師の姪っ子は、じゃあみなさん、そろそろ移動しましょうか、と言った。その場の全員がぞろぞろと出口のほうへ歩き出し、長椅子の端に内田繁ひとりが残った。

内田繁は脚を組んですわり直すとタバコに火をつけた。火をつけたあとで、そばに置いてある円筒形の灰皿——ほとんど使われた形跡のない銀色の灰皿の中に一つだけ吸殻《すいがら》が落ちていることに気づいた。吸殻のフィルターの色を見ただけで、それが自分のタバコと同じ銘柄のものだと判った。喫煙スペースにいた人間の中で、タバコを吸う習慣があるのは自分と、さっき足早に帰っていったあの男だけなのだ。しかもふたりとも同じ銘柄のタバコを吸っている、と内田繁は思った。別に不思議がるほどの偶然ではない。でもそのときは、何だかそれが重要な偶然のように思えた。先で待ち受けている出来事を暗示するような偶然に。内田繁はあの男とどこかで再会して話をしている自分を想像した。そしてそれはのちに現実になった。

「内田君」

とあの男の妻が戻って来て言った。

「ちょっとつきあわない？　これからみんなで居酒屋に集まってコンサートの打ち上げみたいなことをやるの。だいたいの人数分で予約してあるし、ひとり増えたってぜんぜんかまわないんだけど、どうする？」

「せっかくだけど、僕は車で来てるから」

と内田繁は断った。断ってすぐに反省もした。知り合いの同業者の誘いを断るならまだしも、車で来てるという台詞《せりふ》は、昔の同級生からの誘いを断る充分な理由になるだろうか？

「そうなの」と相手はあっさりと引きさがった。「じゃあ仕方ないわね。おたがい同じ街に住んでてもめったに会うことはないし、いい機会かと思ったんだけど」

内田繁はタバコを消して立ち上がった。

「車で送るよ」

「ううん、お気遣いなく。歩いても十分くらいのお店なの。タクシー待ってるあいだに若い人は歩きましょうよって、みんなでお喋《しゃべ》りしながら歩いて向かってる」

「若い人って？」

「私たちのことよ」

内田繁は笑ってみせた。昔の同級生に内田君と君づけで呼ばれて居酒屋で飲んでいる自分を想像してみると、さほど悪い気はしなかった。でも集まった大半の人間は現在の話よりも、昔の甲子園の話を聞きたがるだろう。

それからふたりの同級生は出口へむかった。人気《ひとけ》の絶えたロビイを靴音を響かせて歩いてゆく途中で、ふと思い出して内田繁は訊ねた。きみの伯母さんは日記をつけてたのか？日記？　さっきそんなことを話してただろ、日記に書いてあるとかないとか。

「ああ、あの日記のことね」と姪っ子が言った。「あれはたいした話じゃないの。伯母の日記といっても、別に、びっくりするような秘密が書いてあったわけじゃなくて、まあ、いわばタイジュウ日記かな」

「何の日記？」

「タイジュウ日記」と彼女はくり返した。「毎日自分の体重を測《はか》って、何キログラムって数字を記録してある。その数字しか書いてない。正確には日記とは呼べないんじゃないかしら。自分の体重を几帳面《きちょうめん》にメモしてあるだけだし。そのメモ帳がね、何冊か出てきたの、伯母が亡くなったあとで」

体重日記、と漢字をあてはめてみた瞬間に内田繁はある歌のさびの部分を連想した。

そのときは、なぜそんなものを自分が連想するのかよく判らなかった。判らなかったせいで考えがまとまらず、喉まで出かかったある台詞を同級生に伝えることができなかった。もしその台詞を口にしていれば、それはそれで笑い話になったかもしれない。そして同級生はもうそれ以上、体重日記の話には触れなかったかもしれない。だが内田繁はタイミングを逸した。同級生は喋り続けた。

「コンマ以下の何百グラムの単位まで記録してあるのよ。あのおしとやかな伯母が、そこまで自分の体重を気にしながら暮らしてたかと思うと、正直ちょっと意外だった。でもほら、あたしの伯母は生涯シングルで通した人だしね、長年仕事を続けてひとりで生きてゆくにはそれなりの、というか並大抵ではない自己管理が必要だったのかもしれない。体重日記はその一つの証しなのかもしれない。そうも思って、ある人にその話をしてみたら、あのさ、それはただのダイエットじゃないか？　だって」

「うん」

「そんなに難しく事を考えなくても、体重日記は単なるダイエットの記録なんじゃないか？ って言うから、一緒にその手帳を読み直してみた。そしたら途中で何度もとぎれてるのね、半年くらい記録が続いたかと思うと、そのあと何年かぽっかり空白になってる。そしてある日突然、また体重の記録が始まる。三カ月か四カ月それが続いてまた空白の時期が来る。その繰り返しなの。ああそうか、とあたしは思った。伯母はあの細身の体型をたもつために生涯に何度もダイエットをやってたわけか。もしかしたらそのダイエットの期間は、ピアノの演奏会とかで大勢の人の前に出る時期と重なっていたのかもね。するとまたある人が言った。そうじゃないと思う。ピアノの演奏会が何年かに一回ってことはないだろう。自分が想像するにそのダイエットは……」

「そのある人はさっきのある人とは別の人？」

「ううん、同じ人」

と同級生が答えたとき、ふたりは文化ホールの出口前に立っていた。硝子《ガラス》の自動ドアが開くと外で待ち構えていた幾つかの人影が、遅い、遅い、とふたりに声をかけた。そして待たずに歩き出した。

「そのダイエットは恋愛のためじゃないかって」

同級生は先に外へ出て、腕時計に目をやってから内田繁を振り返った。

「誰かを好きになると自分を磨《みが》きたくなるでしょ？」

「ああ」と内田繁はとりあえず答えた。

「だから伯母は、誰かと恋愛するたびに、恋愛しているあいだだけ、体重を気にしてダイエットを頑張ってたんじゃないかって。うがった見方だけど当たってるかもしれない。伯母の体重日記は、あれは実は、伯母が生涯にした恋愛の記録なのかもしれない」

「ある人がそう言ったのか?」

「うん。でね、あたしはこの話を母にしてみた。それはやっぱり姉と妹の間柄なんだし、こっちであれこれ想像するよりも、事実として伯母の若いころを知ってる人に聞いたほうが早いと思って」

「それで?」

「笑ってた。笑って取り合ってくれない。だからこの話は残念だけどここまで。でも、なかなか興味深い話でしょ?」

「興味深い」内田繁は表情を変えずに答えた。

それからしばし微妙な沈黙が降りた。同級生は仲間たちが去ったほうへ顔を向け、内田繁はそれとは逆の駐車場のほうへ、その上空に光っている星のあたりへぼんやりと視線を投げた。

「ねえ、ちょっとだけ顔を出していかない?」

「いや、やめとく」

「じゃあ」と同級生が片手をひょいと持ち上げた。「あたしはもうみんなを追いかけないと」

「ある人って誰だ？」

「え？」

「さっき会ったきみのご主人か？」

しかしその場で明確な答えは貰《もら》えなかった。

すでに歩きかけていた同級生は、そのまま足を止めずに背中をむけた。背中をむける前に、そうだというしるしに微笑《ほほえ》んだような気もしたのだが。

内田繁がその答えを得たのは、二週間ほど経って十二月に入ってからのことだ。はっきりと教えてくれたのは当の本人、すなわち同級生の夫、ご主人てがらじゃないと妻に評された男、喫煙スペースでタバコを一本だけ吸って足早に歩き去った例のあの男だった。

ちなみにそれは私のことである。

2

十二月最初の月曜日。

夕暮れどきに私は公園にいた。

アーケードの通りに接して設けられた小さな公園である。広さをいえば幼稚園の運動会くらいならできるかもしれない。公園と地元の人々が呼んでいるだけで、滑り台やブランコが置いてあるわけでもない。芝生もない。地面にはレンガが整然と敷き詰めてある。したがって現実には危ないから幼稚園の運動会もできない。

公園というよりも大ざっぱに四角い広場といったほうが早いかもしれない。アーケードの反対側は国道に接している。つまり人々はアーケードで買物を済ませ、この広場を通り抜けて、バス停でバスに乗って帰宅する。そういう道順になる。アーケードにも国道にも接していない両側には銀杏《いちょう》をはじめとして私が名前を知らない樹木が植わっている。木製のベンチも二メートルくらいの間隔で据《す》えてある。十二月のことだから、ベンチのそばには落葉が散っている。おびただしく散っている。

私はベンチに独りで腰かけて、二十メートルほど離れた向かい側のベンチにおなじく独りで腰かけている中年の男を見ていた。ショルダーバッグを脇に置いた男は、中からおもむろに菓子パンを一つ（菓子パンだろうと思う）取り出して袋をやぶった。そして中身を小さく千切ると足元に投げた。

するとどこからともなく鳩が舞い降りてきた。十羽や二十羽ではきかない数の鳩だった。鳩の群れが一斉に舞い降りてくると、男の足元に積もっていた落葉が逆に舞い上がった。赤と黄の落葉が突風に揉《も》まれるようにしてあたりに飛び散った。

私はその様子をタバコを吸いながら眺めていた。私のベンチの右横に木枠の箱型の灰皿が置いてあり、そのむこうのベンチには黒っぽいコート姿の男がふたりいて、何か書類の受け渡しのようなことをしている。アーケードから国道沿いのバス停まで広場を通り抜けてゆく買物客の数はまばらだった。お揃《そろ》いのコートを着た女子学生の姿が目立つ程度だった。

時刻はまだ五時前、冬の空が藍色《あいいろ》に暮れるまでには少し間があった。二十メートルほど離れたベンチの中年が二つめの菓子パンの袋をやぶった。私は二本めのタバコに火をつけた。こんにちは、と右手のベンチのほうで誰かが誰かに挨拶する声が聞こえた。菓子パンの中年のほうを眺めているうちに、集まった鳩の群れの中にスズメがまじっていることに私は気づいた。それからこんにちはといま挨拶した声がこんどは私の名前を呼んでいることにも気づいた。

「内田です」

と黒っぽいコートを着た男が名乗った。はっきり言ってその男の顔に見おぼえはなかった。右手のベンチを見ると、もう一人の連れのほうはいつのまにか姿を消している。

「おぼえてませんか。先月いちどお会いしました、追悼コンサートの夜、タバコを吸っておられるときに奥さんに紹介されて」

「ああ」

と私は思い出した。それだけヒントを与えられて、かろうじて二つのことを思い出せた。私の妻の高校時代の同級生、かつての甲子園のヒーロー。内田繁の顔には心底ほっとしたような笑みが浮かんでいた。自分のことを思い出してくれて助かりましたよ、と言わんばかりの。甲子園のヒーローだった男にしては謙虚だな、と私は感じた。

「待ち合わせですか」と内田繁が訊ねた。

「いや」

「ちょっと隣にすわってもいいですか？」

私は黙って腰をあげてベンチの左寄りにすわり直した。

私の右側に内田繁が腰をおろして書類の入った封筒を膝《ひざ》の上に寝かせた。それからコートの下の背広のポケットを探ってタバコを取り出すと、青いパッケージを私のほうへ示した。私が吸っているのと同じ銘柄のタバコだった。

「タバコで思い出したんです。お顔も憶えてはいたんですが、いまいち自信がなくて。でもハイライトを吸ってる人はそんなに大勢はいないですから」

「仕事の途中？」と私は言ってみた。

「いいえ、談合の帰りです」と内田繁がタバコに火をつけながら答えた。

内田繁の勤務先が建設会社であることをそのとき私は知らなかった。知っていれば、この男はたぶんジョークを言っているのだと察して、礼儀正しく笑ってみせたかもしれない。にこりともしない私を見て、内田繁はややうろたえた。うろたえたあとで謝り、謝りながら名刺入れを取り出した。渡された名刺には専務取締役という肩書が印刷してあった。

「失礼しました。以前、知り合いとかと街で会うと、必ず、談合の帰りか？　と聞かれて食傷した時期があって、それでいつのまにか、聞かれる前に自分からつまらない冗談を言う癖がついたみたいで。それに情報によると、くだけた冗談がお好きなかただとうかがってたので、そのことが頭にあったのかもしれません。ほんとに失礼しました」

「情報？」

「情報というと何かものものしいですが、小耳にはさんだ噂です。実は先月お会いしたときには、小説をお書きになっていることも知らなかったんですよ。たまたまゴルフ仲間に読書好きの男がいて、教えてもらいました。それでそいつのネットワークを通していくつか情報が流れてきたわけです」

ネットワーク？　と私はもう聞き返さなかった。たぶんその読書好きの知り合いの知り合いにでも私の知り合いの知り合いくらいにあたる人間がいて、そこから噂を小耳にはさんだのだろう。

「よろしかったら、少し話相手になっていただけますか？」

タバコを消したあとで内田繁はそう言った。

私はズボンのポケットから携帯電話を取り出して表示画面で時刻を確かめた。四時四十五分だった。五時に一つ用事があったので、そのことを伝えると、じゃあ十五分だけでも、と内田繁は頼んだ。うん、それはかまわないけど、と私はうなずくしかなかった。でも何のために？　と思いながら内田繁の顔に視線を向けた。

あらためて見ると誰もがまず、彫りが深い、という表現を使いたくなるような顔立ちの男だった。この顔があと二十五年若くて甲子園で活躍すれば、それはヒーローにでも何にでも祭り上げられるだろうと私は思った。

ただし私の妻の同級生にしては、年を取りすぎているような印象も受けた。童顔とは無緑の顔立ちのせいか、頭髪に白いものが混じっているせいか、あるいは、かつての甲子園球児というイメージを重ねて見すぎるせいかもしれない。ゴルフが趣味で一年じゅう日に焼けているというタイプの、健康的な浅黒い顔だったが、その肌の色までふくめて、意図的に老け顔を作っている役者のメイクのような印象が拭《ぬぐ》えなかった。

「例の日記の話なんですが」

「例の日記って？」

「体重日記。亡くなったピアノの先生が自分の体重を記録していたという」

「ああ」

と私は曖昧《あいまい》な相槌を打って、また視線をむかいの菓子パンの男のほうへ戻した。男の足元にはまだ鳩が集まっていた。むくむくと動く鳩の群れのあいだでときおりスズメが跳《は》ねているのが見える。

「驚かないんですか」と内田繁が訊ねた。「なぜ私がその体重日記の話を知ってるのか」

「少し驚いた」私は振り向かずに答えた。「でも簡単に想像はつく。ピアノの先生の姪っ子から聞いたんでしょう？　あの退屈な『音楽の夕べ』のあとで。どうもうちの奥さんは、身内の事情を笑い話にしたがる傾向がある」

「話を湿っぽくするのが嫌いなんじゃないですか？　学生の頃からそういう傾向はあった

ような気がしますね。しゃきしゃき喋って、人を笑わせるのが得意で。でも、体重日記の話は笑い話って感じでもなかった」

それから内田繁はあの夜、私が喫煙スペースから足早に歩き去ったあとの話をかいつまんで説明した。その話を私は、鳩の群れの中に入って果敢にエサを横取りしようとするスズメを観察しながら聞いた。

横取りに気づいた鳩につつかれそうになると、スズメは羽を広げて飛びすさった。飛ぶというよりも、ほぼ垂直に一メートルも跳躍して、ほんの少しずれた地点に着地した。そしてまた性懲《しょうこ》りもなく鳩のそばへ寄っていく。鳩の群れに混じっているのはこれも十羽や二十羽ではきかない数のスズメだ。一羽が跳ぶと、あとを追いかけるように一団になって跳び上がる。ごく淡い茶色の一団が連続してほぼ垂直に跳躍し、そして左右にわかれて着地する。時間をおいてふきあがる噴水のように何度もそれが繰り返される。

「それで私が気になったのは、彼女の伯母さんが、恋愛中だけ頑張って減量に励んでいたんじゃないか、つまり恋愛のエネルギーが伯母さんを面倒なダイエットに立ち向かわせて、体重日記をつけさせたんじゃないかという話です。ある人がそういう見方をした、と彼女は言ったんですが、たぶん、そのある人というのは」

私はうなずいてそれが自分であることを認めた。

「やっぱり、きっとそうだと思いました。小説家だと教えてもらったあとではなおさら」

「正確にはそういう見方をしたというよりも、そういう見方で小説が書けるかもしれないと言ったんだけどね。小説の中の話として、体重日記と恋愛の結び付きはリアルな気がする」

「現実の話としては？　結び付きませんか？」

「さあ、どうだろう。現実の出来事には僕はうといから」

　私はとりあえずそう答えてポケットの携帯電話をもう一度見た。五時七分前だったのであと二分くらいでこの話を切り上げることにした。

「でも世間には、恋愛と関係なくダイエットをやってる人は大勢いるだろうしね。それに妻の母親は、つまり体重日記をつけていた人の実の妹は、恋愛との結び付きを笑って否定したそうだから」

「いや、それは私が聞いた話とはちょっと違いますね」と内田繁が指摘した。「お母さんは笑って取り合わなかったんです。はっきり否定したんじゃなくて、曖昧に笑ってごまかしただけです」

「そうだったかな」

「だいいち、恋愛と体重日記の結び付きなんて微妙な問題だし、それを言下に否定することは誰にもできないと思いますよ。いくら姉と妹の関係でも、何から何まで秘密を分かち合ってたわけじゃないでしょう？　だから笑ってごまかしたというのは逆に、あのときの姉の恋愛はどうだったろうか、ひょっとしたら……、そのくらいの思い当たるふしはあったのかもしれない」

「なるほどね」と呟《つぶや》きながら私は腰をあげた。「言われてみればその通りかもしれない。うがち過ぎかもしれないけど」

「うがち過ぎですかね」ベンチから動かずに内田繁は不満を表明した。「あれ以来ずっと気になって、何度もよく考えてみたんです。現実の話としてもこれは充分リアルですよ」

だが私にはそのリアルさの加減がうまく伝わらなかった。気になるという言葉を使うなら、内田繁がこの話が気になるという理由のほうがよほど気になる。そこでその点を率直に問いかけてみた。同じものを見たことがあるんですよ、というのが回答だった。同じものを見たことがある？

実は自分の妻も体重日記をつけているのだと内田繁は言った。

3

内田繁が妻の体重日記を発見したのは、亡くなったピアノ教師を偲ぶ「音楽の夕べ」が開かれた夜からちょうど一週間前の日曜日のことだった。

日記発見の前日、つまり土曜日の朝、内田繁はいつもより早起きをした。一人息子が寮から戻らない週の土・日は、たいていゴルフの予定を入れてある。ゴルフが十時スタートの場合は、八時に起きてもゆっくり支度して間に合うのであらかじめ妻にもそう伝えてある。八時というのは、内田繁が会社に出勤する普段の日の起床時刻と同じである。

ところがその十時スタートのゴルフの日、彼は七時過ぎに目覚めた。そのままベッドで八時になるのを待てば、妻が起こしに来てくれるだろう。だがそれを待たずにベッドを降りてトイレに立った。内田家のトイレに行くにはバスルームの脱衣所の前を通らなければならない。一階の間取りはそうなっている。で、トイレにたどり着く前にバスルームの脱衣所にさしかかった。すると突然妻の声が、来ないで、と叫んだ。

(ちょっと待ってて、まだ来ないでよ)

内田繁はその声を聞いて足を止めた。でも別に驚きはしなかった。寝起きの頭を働かせて、またか、と推測し、いったんダイニングキッチンに入って食卓の椅子に腰かけてしばらく待った。またか、というのは、またあいつはダイエットに目覚めたのか、というくらいの意味である。ダイエットに目覚めると内田繁の妻は体重を気にする。いや体重を気にしてダイエットに目覚めるというべきだろうか。順番はともかく、そうなると彼女はヘルスメーターに乗りたがる。ヘルスメーターはバスルームの脱衣所に置いてある。そこで彼女は毎日体重を測る。着ているものをすべて脱ぎ捨てて、全裸で。

もう何年も前の話になるのだが、妻が全裸で体重を測ることを初めて知ったとき、内田繁は驚くよりも呆《あき》れた。呆れたあとで不機嫌になって、バスタオルくらい巻いて測れと妻を叱《しか》った。すると妻は、あなたはダイエットを甘く見ている、と言い返した。ダイエットをやる人間はバスタオルの重さだっておろそかにはしない。毎日まいにち百グラム単位で体重の増減を見きわめる、それが大事なので、そのためには毎日同じ状態で体重を測らなければならない。極端な話、昨日と違うバスタオルを巻いて今日体重を測ればそのぶんの誤差が生じる。たとえ何グラムかの違いだとしても誤差は誤差だ。結局のところ、誤差をゼロにして毎日同じ状態で体重を測るためには、身につけているものを全部脱いで裸でヘルスメーターに乗るしかない。日頃は口ごたえということを知らない妻が、そのときだけは滔々《とうとう》と、どこかで聞いてきたような理屈をこねるので、内田繁は面倒くさくなって引きさがった。引きさがったあとで、まったく、愚かな生き物だな、という感想を心にとどめた。

　ダイニングキッチンで椅子に腰かけて待つうちに、あのまま突っ切ってトイレに入ってもかまわなかったんじゃないかと思えてきた。若い娘じゃあるまいし、十五年も一緒に暮らした夫に向かって、来ないで、と叫ぶのも大げさだろう。自分のほうも、まるで会社の女子社員へのセクハラを気にするように遠慮して、引き返す必要もなかったんじゃないだろうか。でもいったん引き返したからには妻が服を着て現れるのを待つしかない。途中でまた、のこのこそばを通りかかって妻に露骨に嫌がられるのも、あたしの下着姿に興味を示していると勘違いされるのも気が進まない。

　そうやって待っているあいだに卓上《たくじょう》のノートに目がとまった。赤い表紙の文庫本よりも一回り大きい型のノートだった。万年筆がキャップの部分で表紙にはさみ込んである。食卓の上に見慣れないものが載っているので記憶には残ったのだが、まもなく着るべきものを着終わった妻が台所に入ってきて、入れ替わりに椅子を立ったので深く関心は持たなかった。トイレに行き、洗顔を済ませ、そのあと食卓で朝食のみそ汁を飲んでいるときにも、さっきのあのノートは何だ？　という質問は思いつかなかった。そのノートが片付けられていることにも気づかなかったのかもしれない。

思い出したのは翌朝、三人で回る予定だった日曜日のゴルフが自分以外の二人の都合（一人は親戚《しんせき》の不幸、もう一人は子供の発熱）で急に中止になり、他にやることもないのでベランダの日だまりに出て、隣家の人見知りしない飼猫を抱いてやっているときだった。午後からはひとりで打ちっぱなしにでも行こうとぼんやり考えていたのだが、そのときになってふと、久しぶりに妻と一緒に映画を見に行くのも悪くないというアイデアが浮かび、声をかけようとリビングを振り返ると、そこに妻の姿は見えなかった。CDプレーヤーが一枚のアルバムを延々と流しているだけだ。さっきまでソファにすわって紅茶を――すりおろした生姜《しようが》を足したダイエット用の紅茶を飲んでいたはずなのに。またあっちでヘルスメーターに乗って目盛りを気にしてるのか？　そう思ったとたんに昨日の朝、食卓の上に載っていた赤い表紙のノートのことを思い出した。

妻はあっちからではなく寝室から現れて、そのときにはすでに外出用の身支度を整えていた。これから英会話スクールの仲間と会ってお茶を飲むのだと言う。カナダ人の先生も一緒に。ダイエットに英会話にと忙しいことだな、と内田繁は思い、映画の話は口にしそびれた。妻がいなくなると妙に室内が静まり返った。出かける前に妻が勝手にCDを止めたのだと気づき、内田繁はスイッチを入れ直すためにプレーヤーの前に立った。妻がかけていたのはスピッツというバンドのアルバムだった。息子が帰ってくる月に二回の日曜日にはたいていこのアルバムが流れている。だから自分も何となく聞き覚えがあるわけだ、と内田繁は思った。

　でも本当はそうではないのかもしれない。このアルバムは息子と一緒に過ごす月に二回の日曜日の朝だけではなく、自分がゴルフに出かける月にもう二回の日曜日の朝にも、あるいは日曜日以外の朝にも流れているのかもしれない。これは妻が自分で買ってきて自分の趣味で聴いているアルバムなのかもしれない。そんなことを考えながら、内田繁はプレーヤーの前に立ったままアルバムの3曲目までを聴いた。それから3曲目のさびの部分を口ずさむと、昨日見た赤い表紙のノートを探すために寝室へ向かった。

　寝室に入るとまず妻の鏡台から調べた。引き出しの中を探ってみたが見つからない。次に共用の本棚を調べた。自分で読んだおぼえのない単行本がかなりあるなと気づいただけでやはりノートは見つからなかった。ワードローブの扉を開き、午後から打ちっぱなしに着ていく服の上下を選び、靴下を選んだ。そのついでに引き出しは全部調べた。ハンガーにかかっている上着やコートのポケットにもざっと触れてみた。隅のほうに置いてあった旅行鞄《かばん》の中も開いてみた。それから上の棚も点検した。棚に置いてあるハンドバッグ類の中もいちいち覗《のぞ》いてみた。だがノートは出てこない。

　寝室の探索を諦《あきら》めてリビングに戻り、ソファにすわってタバコを一本吸った。吸いながらノートの隠し場所を推理した。そのあいだもCDプレーヤーは同じアルバムの曲を流し続けていた。ずいぶん長いアルバムだなと思ってプレーヤーのそばまで行き、確認するとリピートの設定になっていた。ちょうど一巡してまた頭から再生されている最中なのだ。内田繁はさきほどと同じ曲のさびの部分を口ずさみ、ダイニングキッチンへ歩いた。

最初に目についた食器棚の引き出しを開けてみると、そこに、ガスや水道料金の請求書などと一緒にノートはしまわれていた。赤い革の表紙のノート。表紙には万年筆がキャップの部分ではさんである。昨日見たものに間違いなかった。

内田繁はそのノートを見つけてやや拍子抜けした。さっきタバコを吸いながら推理したときには、おそらくもっと見つかりにくい場所に隠してあるか、または、妻が外出するときにも肌身離さず持ち歩いているのだろうと踏んでいたからだ。

拍子抜けはそれだけでは済まなかった。ダイニングキッチンの食卓で内田繁は妻のノートを開いてみたのだが、開く前に心配したような秘密の出来事は何も書かれていなかった。英会話スクールで知り合った誰かと、たとえばカナダ人の先生と恋に落ちて深みにはまりかけているといった記述をいちばん心配していたのだが、そんなものはなかった。

それは日記ではなく、妻の体重の記録だった。頁《ページ》の左隅に日付が書かれ、その右に二つの測定結果がメモしてある。朝の体重と夜の体重だな、とすぐに内田繁は見当をつけた。

ダイエット中であろうとなかろうと妻は夜、風呂あがりに必ず体重を測る癖がある。もちろんバスタオルも巻かずに、全裸で。

頁をめくってみると、一日二回の体重測定はすでにほぼ二カ月にわたって続いていた。九月上旬から始まっている記録の、最初の朝の測定値は52・3キログラムで、二カ月後つまり今朝の測定値は50・2キログラムだった。およそ2キログラムの減量に成功している。一方、最初の夜の測定値は53・2キログラムで、二カ月後つまり前夜の測定値は51・2キログラムだった。ぴったり2キログラム落ちている。ただし朝の数字と夜の数字のあいだには差があるな、と内田繁は思った。妻の体重が朝と夜とでは約1キログラムも変化している。

こうして、内田繁は妻の体重の記録を盗み見することで、一日のうちのいつ測定するかによって体重計の目盛りも変化する、人の体重は朝よりも夜のほうが重くなるというダイエットの基本を学んだ。学んだあとで、深いため息をついてノートを閉じ、万年筆を表紙にはさみ直して元の場所にしまい込んだ。たぶん妻は見られたことに気づかないだろう。

そのあと内田繁はリビングへ戻り、愚かな生き物だ、とあらためて妻のことを思いながらCDプレーヤーを止めた。二カ月もかかって、たった2キロ体重を減らして、いったいそのことにどんな意味があるのだ。もともと妻は自分で気にするほど太ってはいない。にもかかわらずダイエットを始める、始める必要があると思いつく、その発想自体がそもそも無意味だ。１５８センチの身長に52キロ台の体重。痩《や》せた体型とは言えないにしても、見苦しいほど太っているわけではない。

音楽が途絶えたあとの静けさはもう気にならなかった。内田繁はソファに腰を落ち着けてもう一本タバコを吸い、この問題に、というか自分の気持にけりをつけた。いまさら無意味だと妻に意見しても始まらない。だから放っておく。あとは知らないふりをする。ノートも見なかったことにする。

そう決着をつけて、外出着に着替えるために寝室に入り、それきり妻のダイエットのことも体重を記録したノートのことも忘れてしまった。一週間後の日曜日の夜、高校時代の同級生に会って話を聞くまで、亡くなったピアノ教師がつけていたという体重日記の話を聞かされる瞬間まで、思い出しもしなかった。

4

体重日記という言葉を聞いた瞬間に内田繁は、ああ、それはあのことだ、食器棚の引き出しにしまってある妻の赤いノートと同じだと思った。

だがその話を同級生に伝えることはできなかった。次の瞬間にはもう例のスピッツというバンドの歌を思い出していて、そっちに気を取られているうちに伝えるタイミングを逃した。

(体重日記なら僕の妻もつけてる)

という一言をもし口にできていれば、それを聞いた同級生は、

(えっ、嘘《うそ》)

と多少は驚きはしたかもしれないが、そのあと体重日記の内容を教え合って、両者がほぼ同じものであることを認め合って、ただ世代が違うだけで同じことをやっている女がふたりいるという話に落ち着いたかもしれない。お互い、身内に愚かな生き物がいるね、という笑い話にもなっていたかもしれない。少なくとも同級生は自分に遠慮して体重日記と恋愛との結び付きには触れなかっただろうし、その話さえ聞かなければ、あれから二週間後のいまこんなことにはなっていなかったはずだ。

「こんなこと?」と私は訊ねてみた。

すると内田繁は膝の上の書類入りの封筒を、わずかに持ち上げて見せた。その仕草が何を意味するのかよく判らない。

「どう思いますか」と内田繁が訊《き》き返した。「私の妻の体重日記と恋愛の結び付きは、小

説的にリアルですか」

この唐突な質問の意図もよく判らない。

私はタバコに火をつけた。さきほど内田繁が妻の体重日記の話をはじめてから、私は何本かタバコを吸った。灰皿は右手の内田繁がすわっている側にあったので灰は足元に落とした。吸殻も靴の爪先《つまさき》で消した。いま私の足元に落ちている吸殻の数のぶんだけ時間が過ぎてあたりはすでに暗くなっている。

広場の周囲に照明が灯《とも》るころから風も冷たくなった。菓子パンを千切っていた中年も姿を消し、鳩もスズメも一羽残らずどこかへ飛び去った。携帯電話を見るまでもなく五時を大きく回っているのは明らかだった。会社がひけて広場を横切る人影が目立ちはじめた。左手のバス停の方角から、バスが停車しドアが開く音、またドアが閉まり発車する音がひっきりなしに聞こえてきた。それでも私はベンチを動くに動けずにいた。

内田繁が質問をしたきり黙りこんだので、仕方なく私はこう答えた。

「それはつまり、内田さんの奥さんの体重日記が恋愛と結び付く、という設定で小説が書けるかということ？」

「まあそうです。ピアノの先生の体重日記の場合と比べて、どうですかね？」

「弱い気がする」と私は率直に答えた。

「弱い？」

「ピアノの先生の場合はね、事実に即して言えば、音楽の仕事に生涯を捧げて七十歳まで独身をとおして死んだ人、という人物設定になる。傍《はた》から見れば地味な、ある意味、禁欲的な人生。ところが、彼女の長い人生には幾つもの恋の時代があった、となればまず意外性があるでしょう。彼女は実は恋多き女性だった。しかも、真剣で激しい恋のさなかに、彼女は体重を気にして細かい日記をつけていた。それは恋の相手には一行も触れていない体重日記だった、そういう話は皮肉も効《き》いてて面白いと思う。でも、内田さんの奥さんの場合は家庭の主婦だし、それにまだ若いし」

「ちょうど四十歳です、私より二つ下」

と内田繁が言い、また書類入りの封筒を持ち上げて見せたので私は話の腰を折られた。

「妻は私と結婚する前、二十代のときにもダイエットをしていました」と内田繁が続けた。

「つまり私との恋愛のさなかに、という意味ですが」

「……それで？」

「これは探偵社の調査報告です。先週一週間分の、妻の素行調査を頼みました」

私は何と言えばよいのか判らなかった。

それで報告の結果は？　と私が言えば内田繁は答えるつもりでいるのだろうか？　判ら

ないままタバコの吸いさしを足元に落とした。靴の爪先で踏み消しながら時間をかせいだ。

「体重日記と恋愛が結び付くという発想は実に面白いです」と内田繁が先に口を開いた。

「私なんかじゃとても思いつけません。もし、あの晩に教えてもらわなかったら、たぶん一生妻の浮気なんか疑わなかったでしょうね」

「いや、僕がその話を思いついたのは、何度も断ってるように、そういう見方で小説が書けそうだという意味なんだ」

「わかってます」

「現実に、体重日記をつけている女性がみんな恋愛をしてると言うつもりはまったくない」

「わかってます。何もあなたを責めているわけじゃありません。私は正直、心から感心してるんです。小説的にだろうと何的にだろうと、そういう見方が可能だと教えていただいて、むしろ感謝したいくらいの気持ですよ」

もちろん感謝という言葉は額面通りには受け取れなかった。ついさっき内田繁は、その話を聞かなければ「こんなこと」にはならなかったと悔やんでみせたばかりだ。

「十一月十八日の追悼コンサートの晩、私は初めて本気で妻の浮気を疑いました。あの日妻は、しし座流星群を見るために夕方から出かけたんです、山小屋に泊まりがけで。山小屋というのは、うちの会社が持っている別荘みたいなものなんですが、星の観測には申し分ない場所だということで、妻は高校のときからの親友や彼女たちの夫も誘って計画を立てていました。まあ星の観測というのは口実で、実のところはみんなで集まって酒を飲む会みたいなものなんですね。だから私はその計画には参加しませんでした。追悼コンサートの日とも重なっていたし、それがなくても、よく知らない人間にまざって酒を飲んだり喋ったりするのは好きじゃないんです。コンサートが終わったら登ってくれば？　とまで妻には言われたけど断りました、もちろんそのときは何の疑いもなく。

でも体重日記と恋愛の結び付きの話を聞いたあとでは、疑おうと思えば何だって疑えます。ほんとのところは、妻は私がそういう集まりが苦手だと判ってて計画を立てたのかもしれない。私が断るのを承知で、しつこく誘ってみせたのかもしれない。ひょっとしたら、山小屋には親友たちとではなく他の誰かと一緒に出かけたのかもしれない。夜中の二時過ぎに、私は自宅の庭に出て、星を探しながらそんなことを考えていました。実際、しし座流星群はうちの庭からでも肉眼で確認できたんです、わざわざ山小屋に登らなくても」

その夜をきっかけに内田繁は妻のことを本気で考えはじめた。結婚前の妻のこと、結婚直後の妻のこと、この十五年間に妻がくり返してきたダイエットのこと。忘れかけていた若い頃の妻の口癖。見過ごしていたかもしれない妻の変化。とにかく思い出せるかぎり、考え得るかぎりのことをかき集めた。

まるでもう一度恋をしたかのように妻のことばかり考えて一週間が過ぎ、内田繁が何よりもまず注目したのは、ダイエットの効果についての点だった。結婚して以来、妻はいろんな種類のダイエットを試みた。思い出せるだけでも酢大豆、粉ミルク、ゆで卵、リンゴ、プチトマト、プロテイン、ビール酵母……ダイエットのたびに妻は様々な食品を試した。もちろんエステのサウナにも通ったし、通販で買ったホームサウナにも一時期凝った。ジョギングやウォーキングや水泳もやった。

でもそれらは有効ではなかった。少なくとも妻の体重はそれらのダイエットでは1キロも減らなかった。何をやっても、どうしても太っちゃうという泣き言を、この十五年のあいだ内田繁は何度聞かされたかわからない。そしてそのたびに、おまえはそんなに太っていないという台詞を何度言って聞かせたかわからない。

ところが今回のダイエットで妻は体重を減らしている。二カ月で2キロ。徐々にだが妻は体重を減らしつつある。いま妻がやっているのは紅茶にすりおろした生姜を入れて飲むというダイエットだが、内田繁の記憶によれば、それが始まったのはほんの二、三週間前のことだ。だが体重日記の記載はもう二カ月も続いている。最初に妻のノートを盗み見したとき、二カ月で体重を2キロ落として何の意味があるのだと思ったが、実のところ、その数字には大きな意味があったのかもしれない。内田繁は先週、妻の入浴中にもう一度ノートを点検してみた。そして前回よりもさらに500グラム、妻の体重が落ちているのを確認した。二カ月半で2・5キロの減量。この十五年、ただの1キロも変化しなかった体重を、妻はもう2・5キロも落としている。なぜだ？

それから内田繁は結婚前にも妻がダイエットをしていたことを鮮明に思い出した。十六年前、知人の紹介で初めて会ったときと、その半年後に結婚を決めて親に引き合わせるために実家に連れていった時期とでは、彼女の印象はずいぶん違っていた。

(頑張って5キロも減らしたのよ)

と本人が自慢するのを聞いて気づいたのだが、顔はひと回り小さくなったようだし、そう思ってみると裸になったときの身体にもそれなりの変化があった。つまりあの頃、妻の体重は47キロくらいだったわけだ、と内田繁は記憶をたどり、そして再び、なぜだ？と思った。

なぜあのときのダイエットはうまくいったのだ？

しかもなぜそのダイエットは結婚後は有効性を失ってしまったのだ？

「なぜだか判りますか」と内田繁は私に訊ねた。

判るわけがない。ろくに考えもせずに私は首を振った。

「結婚前の妻のダイエットがうまくいったのは、私と恋愛してたからですよ」

内田繁の顔には、私の見まちがいでなければ、軽い失望の表情が浮かんでいた。小説家なんだからそのくらいの想像はつくだろう、とでも言いたげな。私は黙って先を聞いた。

「恋愛すると人は自分を磨きたくなる。自分が好きな相手に自分も好かれたい、そういう目的意識がはっきりしてる場合にダイエットはうまくいく。結婚後、しばらく経って妻が太りだしたのは恋愛が終わったからです。そのあとは、あわててどんなダイエットをやっても追いつかない。何のために贅肉《ぜいにく》をしぼるのか、目的を見失ったダイエットが長続きするわけはないし成功もしない。だからこれまで妻の体重は1キロだって減らなかったわけです。でも、その妻の体重がいまは減りつつある。なぜか？　理由はもう簡単に想像がつくでしょう」

「その話は、奥さんに確かめてみた？」

「どの話ですか」

「結婚前のダイエットがうまくいった理由」

「いいえ、私がひとりで考えました」

「だったらそれは真実じゃないかもしれない。僕が体重日記と恋愛を結び付けて、小説が書けると考えたのと同じであくまで想像にすぎない」

「そうです。そういう見方もできるという程度の話です。でも、もしかしたらその見方は真実をついてるかもしれない。ピアノの先生は本当に恋愛中に体重日記をつけていたのかもしれないし、私の妻の体重がいま減りつつあるのは、誰かとの恋愛の最中だからかもしれない。だいいち、確かめてみたかとおっしゃるけれども、妻が素直に真実を語ると思われますか？」

それはそうだ。想像をもとに疑いを向けることはできても、証拠はつかめない。おまえの体重が2キロ減ったのは誰かと恋愛しているせいだ、と決めつけるのはただの悪い冗談のように聞こえる。私は内田繁が膝の上に寝かせている書類封筒へ視線を向けた。探偵社の調査報告書。先週一週間の妻の素行調査。それがあるいは証拠になるのかもしれない。

「まだ封筒の中身は見ていません」

内田繁はうつむいてタバコに火をつけた。気を持たせるように一服したあとで、煙が目に入ったのか顔をしかめた。

「報告書は読んでいないし、調査にあたった人間の口からも詳しい話は聞いていない。さっきここで落ち合って手渡されたばかりです」

私はいまからここで、内田繁がその中身を取り出して見せるのではないかと思った。ほんの一瞬だが、そういう成り行きを期待した。内田繁にそれを読めと言われれば、おそらく私は断れないだろう。だが調査報告書の話はそこまでだった。内田繁はもちろんそんなまねはしなかった。タバコの煙に何度も目を瞬《またた》いただけで、私にそれを読めとは言わなかった。

5

「五時の約束に大幅に遅れてしまいましたね」

短くなったタバコを灰皿に捨てると、内田繁はそう言ってこの話にけりをつけた。少なくとも自分ではここでこの話をおしまいにしようと決断を下した模様だった。あるいは内田繁には、何か考えをまとめるときタバコを一本吸い、吸い終わるまでの時間に結論を出すという癖でもあるのかもしれない。

五時の約束の件なら気にしなくてもいいと私は本音で答えた。妻に頼まれた用事が一つあっただけで、それも大した用事ではなかったのだ。

だが私の本音は内田繁には伝わらなかった。もう二、三本タバコを吸いながらでも、まだここにすわり続けて話を聞いてみたいという私の未練も伝わらなかった。内田繁は先に立ち上がるとこう言った。

「くだらない話を、真剣に聞いていただいて感謝します。これで胸のつかえが消えました。遅かれ早かれ、どこかでお会いして、話をすることになると想像はしてたんです」

「僕と？」

内田繁がうなずいたので、理由を訊ねて私もベンチから腰をあげた。

「なぜでしょうね」内田繁はコートの尻のあたりを軽くはたいた。

「なぜだかそう思ったんです。あの晩、急ぎ足で帰って行かれたでしょう？　あのあとロビイでタバコを吸いながら、灰皿に残っているハイライトの吸殻を見て、それから早足で歩いてゆかれる後姿を思い出してるうちに、そんな想像をしました。今日この公園で、こんな話を自分がすることになる、そこまでは考えつきませんでしたが。でも昔から、想像が現実になるのは珍しいことでもないんです。甲子園のマウンドに立っている自分を想像すると本当に立ててしまう。初めて会って、この女と結婚すると思えばそれが妻になる。あのときは、何かお急ぎの用でも？」

「いや」私は記憶をたどって答えた。「別に何もない。あの晩はあれからまっすぐうちに帰ったと思う」

「それだけ？」

「それだけ。たぶんうちで本でも読んでたんじゃないかな」

「しし座流星群はご覧になりました？」

「翌日のテレビのニュースで」

「そうですか」

内田繁は笑って、何度かうなずいてみせた。

それから別れの挨拶に移り、どちらへ？　と私がいまから歩いてゆくべき方角を訊ねた。私はアーケードのほうを指さした。自分はむこうなので、と言って内田繁は国道側へ顔を向けた。あるいは最初から私とは反対の方角へ歩いて行くつもりだったのかもしれない。

「歌のことだけど」と私は最後に一つ質問をした。

「歌？」

「あの晩、僕の妻と話しているときに内田さんが連想した歌」

片手に探偵社の調査報告書を抱えた男は、まるでこの質問を喜ぶかのように、目を細めて私を見返した。

「スピッツというバンドはご存じですか」

「いや、よく知らない」

「スピッツの『空も飛べるはず』というタイトルの曲です。君に出会ったのは奇跡だ、いまなら空だって飛べるはずだ、そういう若い男のラブソング」

「奥さんがその歌を特に気に入ってる？」

「違います」

内田繁はまた目を細めた。

そして別れて歩き出す前に、彼はこんなことを喋った。

「たぶんそうじゃないと思います。妻はアルバムの中で特別その歌を気に入ってるわけじゃない。その歌を気に入ってるというなら、むしろ私のほうでしょうね。いつのまにかさびの部分を憶えてしまったくらいだから。歌詞の内容から言えば、若い男の歌に違いないんですが、それが私には立場を入れ替えて聞き取れるんです。はっきり言って、私に恋をしていた若い頃の妻を思い出します、その歌を聴くと。若いころの自分自身のことよりも先に。

妻は私の高校の二年後輩なんです。だから初めて会ったときにはもう私のことを知ってました。私のほうは見たこともなかったけど、妻は甲子園のスタンドから私を見てたわけです。それでつきあい始めてからも、夢みたい、というのが彼女の口癖でした。ふたりでドライブしたり、食事したりするだけでもそういうことを言う。その一つ一つがまるで奇跡みたいな口ぶりで。実際に彼女は奇跡という言葉を使ったかもしれない。絶対に手が届かないと思ってた人が、あたしのほうを向いてくれたのは奇跡だと。だからあたしはダイエットでも何でも頑張れると、そうも言ったかもしれない。私も悪い気はしなかったですね。ヒーロー扱いされるのには慣れていたし、別に戸惑ったりもしなかった。

それはまあ、奇跡の力を借りれば空だって飛べるし、ダイエットだって何だってうまく行くわけです。実はあの晩ではなくてもっと前、妻のノートを盗み見したときから、私は当時のことを少しずつ思い出している、そんな気がします。当時の思い出とスピッツの歌が私のなかで結び付いてしまって、歌が流れると妻の記憶がよみがえる、私のためにダイエットに励んでいた妻の記憶が。逆にその頃の記憶がよみがえると頭のなかに歌が流れる。幸福な恋愛の時代。私と妻には確かにそういう時代があったんだなとあらためて思います。妻には、確かにそういう幸福なダイエットの時代があった、と言うべきかもしれませんが」


内田繁と別れたあと、私はアーケードの人ごみに混じって五分ほど歩いた。

五分ほど歩くうちに幾つかのことを考えたが、私の目的は妻が補整に出したスーツを受け取ることだった。タウン誌の編集の仕事をしている妻は、校了間近という理由でその用事を私に頼んだ。四時半頃に一度、妻に教えられた婦人服の店に出向いたのだが、補整が出来あがるのは五時だと追い返され、それで公園のベンチで時間をつぶすことになった。

だから私は内田繁にも五時の約束は大した約束ではないと言ったのだ。

私は妻の用事を済ませるためにアーケードを歩きながら十一月十八日の夜のことを考えた。内田繁が本気で妻の浮気を疑いはじめた夜のことを。深夜の二時過ぎに、自宅の庭に立ち、星空を見上げながら『空も飛べるはず』という歌のさびの部分を口ずさんでいる男を想像してみた。私はまた探偵社の調査報告書のことも考えた。私と別れたあと、独りになった内田繁がどこかで、たとえば自分の車の運転席でタバコを一本吸い終わってからそれを開くところを想像した。そこに何が書かれてあるのか、是非とも知りたいという好奇心を押さえつけながら私は歩いた。

それからもう一つ私は考えた。あの晩、体重日記の話が出たときに、自分の妻も同じ日記をつけていると答えていれば、今回の件は全部その場の笑い話で済んでいたかもしれないと内田繁は言った。お互い、身内の中に愚かな生き物がいるね、という笑い話。だがそれは違ったかもしれない。現実にはそうはならなかったかもしれない。なぜなら、もし自分の体重を気にしてダイエットする人間を愚かだというなら、それは私の妻も同様だからだ。

結婚前の話は知らない。だが一緒に暮らすようになって以来、妻が何回かダイエットを試みては長続きせずに失敗したことを私は知っている。失敗した結果がスーツの補整なのだ。妻は去年の冬に買ってまだ一度しか着ていないスカートのウエストを広げなければならない。

これは内田繁の理屈で言えば妻が誰とも浮気していない証拠になる。なるだろう。逆にウエストを狭くする補整なら話は別だが。

そう考えて安心しかけている自分に気づいて私は足を止めた。

目的の店をすでに通り過ぎていることにもすぐに気づいた。

内田繁の理屈に従って世間が動いているわけではない。もちろんそんなことはないし、世間の女性全員が恋愛のためにダイエットに励んでいるわけではない。そういう見方である一人の女性のダイエットを捉《とら》えて、小説なら書けるかもしれないが。私はアーケードの人込みの中に立ち止まってそう考え直した。内田繁の妻の体重が減りつつあるのには恋愛以外の理由があるのかもしれない。内田繁の妻は、十一月十八日の深夜には計画通り高校のときからの親友やその夫たちと一緒にしし座流星群を観測していたのかもしれない。

現実には、食器棚の引き出しにしまわれている赤い革表紙のノートが、単にダイエットの記録のための体重日記であっても、いま車の中で内田繁の読んでいる調査報告書が、単にありきたりの主婦の日常を記したものであっても不思議ではない。不思議ではないのだと自分に言い聞かせて、私は目的の婦人服店のほうへ引き返した。

ピーチメルバ

1

中《なか》の島弥生《しまやよい》が結婚するという話を聞いたとき、私は驚くと同時に、すこし責任のようなものを感じた。

そのせいで、結婚の話を伝えてくれた相手に真っ先に口にすべきことを言い忘れたくらいだった。本来なら何をさておいても、よかったね、おめでとう、と告げるべきなのにそれができなかった。

驚いたのは、話があまりにも急転しすぎのような気がしたからである。すこし責任を感じたというのは、以前彼女と会って話をしたときに、結婚に関して余計な、忠告めいた口をきいたおぼえがあったからだ。単にそれだけだ。彼女の結婚があやまちで、その結婚を止められなかったことに責任を感じたという意味ではない。もちろんすべての結婚があやまちだと言いたいわけでもない。

話を伝えてくれたのは彼女の兄、中の島吾郎《ごろう》だった。

「いますぐ籍を入れるとか式を挙げるとか、そこまでは本人たちは考えていなかったみたいなんですけどね」と彼は説明した。「でも先に住む家が見つかって」

「住む家」

「はい。いい家があるのに空けたままにしておくのはもったいないって、最初にそういう話があって、あとはもうばたばたと行くところまで行ってしまったようです、結婚まで」

「住む家から？」

「いい家らしいですよ、新築同然の二階建て。相手側の親戚の持ち家なんです。その親戚が一年も住まないうちに、仕事でニューヨークに飛ばされて三年か五年か帰って来られない。建てたばかりの家を空けてはおけないし、でもだからと言って知らない人に貸すよりは、という事らしいです。それで本人たちが考えてるあいだに、お互いの親たちがしゃしゃり出て来て、あとはもうばたばたと話が進んで」

「結婚まで」

「はい、式と披露宴《ひろうえん》を来月やるそうです」中の島吾郎は妹の縁談をまるで他人事のように述べた。「わからないもんですね。ついこないだ、夏頃まではふたりで映画見てご飯を食べたとか食べないとか、そんな感じだったんですけどね。作りましょうか？」

「うん」私は氷だけになったグラスをカウンター越しに渡した。「そうか。夏のあいだにね」

「ほんとにわからないですね」中の島吾郎はアイスペールから新しい氷をグラスに補充した。「ひと夏で変わってしまう」

「そうだね」

「あのときからだって四カ月しか経《た》ってないんですよ」

中の島吾郎はグラスにウィスキーを注ぎ、水を足し、マドラーで仕あげてから私の前に置いた。そして私の表情を読むような目つきになった。あのときから、という言葉に対して何らかの反応を期待したのだと思う。私は水割りを飲んでから口を開いた。

「もう一年くらい経ったような気がするね」

「いや、たったの四カ月と少しです」

「そう言ってもらえると気が楽になる」私は笑顔を浮かべた。「ここに来るのはたったの四カ月と少しぶりなわけだし」

「ああ、いや、そんな意味じゃないです」中の島吾郎は顔の前で手を振った。「皮肉とかそういう意味じゃないですよ、言葉通り、四カ月と少し前」

「ゴールデンウィークの頃だった？」

「そうです、この店を始めたのがゴールデンウィーク直前でしたから、オープンしてまだひと月もしない頃です」

私はゴールデンウィーク前後の記憶をたどり、二度うなずいてみせた。中の島吾郎が黙ってうなずき返した。そのとき店の扉が開いて、客がふたり入って来た。

そちらへ挨拶《あいさつ》をしたあとで中の島吾郎は声を低めて私に言った。

「今日はお忙しいですか」

「いや」

「じゃあもう少し飲んでいって下さい。あとで、例の話の続きもありますし」

私がもう一度うなずくのを見て、中の島吾郎は新しい客のほうへ歩いていった。そのあと私はひとりで水割りを飲みながら、ゴールデンウィークの頃に二度、中の島弥生と会って話したときのことを思い出した。彼女と交わした会話の内容をできるかぎり詳細に思い出そうとした。

思い出せるだけ思い出したあと、私は最初に戻って、つまり彼女の兄から伝えられた彼女が結婚するという事実に立ち戻って、やはり急転直下という言葉を思い浮かべた。

2

四月末の雨の晩に、いちど中の島弥生と会った。

雨といっても強い降りではなかった。霧吹きで吹いた水が空中にただよっている、そんな感じの雨だった。湿度がとてつもなく高い、というのとほとんど区別がつかないくらいの雨だった。

実際のところ私はツタヤの前で傘を開こうかどうか迷った。迷って夜空を見上げ、照明に映し出される雨粒が確認できるものか目をこらしているときに、声をかけられた。

「こんばんは」と取りあえず私は挨拶を返した。

すぐ横に若い女が手ぶらで立っていた。

「ビデオ借りないんですか？」

「うん、いや、返しに来たんだけど」

「さっきからそばにいたんですよ。いつ気づいてくれるかと思って」

私はいま歩いてきたほうを振り返り、硝子《ガラス》の扉越しにツタヤの店内へ視線を投げた。それがよほど頼りなげな視線に見えたのだろう、彼女が気をつかってくれた。

「中の島です、兄の店で会ったことありますよ」

「ああ」と私は声をあげた。

「ごめんなさい。あとをつけたりして。さっきから挨拶しようしようと焦《あせ》って、声をかけるタイミングがつかめなくて」

「僕のほうもちょっと考え事をしてたから」

「なんか、あたしストーカーっぽいですよね、ウスキミ悪いですね。こんなとこで急に声をかけられても迷惑ですよね」

「そんなことないよ」

「ほんとに？」

「ほんとに」私は正直に答えた。「ちょうどきみのことを考えてたんだ」

すると中の島弥生は笑顔を作り、文字にすれば「キャッ」という短い声をあげてみせた。と同時に両手をこぶしにして胸の前で合わせた。

そういうリアクションをされてみて、確かにいまの自分の台詞《せりふ》はいただけないなと私は反省した。正確には、きみのお兄さんから聞いた話のことを考えていた。その話に妹のきみも関係している、と言いたかったのだ。

「今日は兄の店には寄らないんですか？」

「うん。これから一つ用事を済ませて、そのまま帰るつもりだけど」

「そうなんですか」彼女は私が手にした雨傘をちらりと見た。「車ですか？」

「いや、そこのバス停からバスに乗る」

「じゃあ送ります。あたしのこと、どんなふうに考えてくれてたのか、ぜひ聞いてみたいし」

「それは、たいしたことじゃないんだ」と私はマジで言い訳した。

「わかってますよ」中の島弥生はまた笑顔になった。「だって、あたしのこと何も知らないでしょう？　たいしたこと考えられるはずがないもの」

「途中で一か所寄るとこがあるんだ」

「そこまで送ります」

「きみのほうは、時間はだいじょうぶ？」

「ぜんぜん平気です。正直いって暇なんです」

中の島弥生は雨の中を先に歩き出した。雨と呼べるほどの雨ではないので、駐車場に停《と》めてある車に向かってごく普通の歩き方で歩いていった。

私は雨傘を閉じたまま片手に持ち、ほんの二秒か三秒迷った。それから数メートル遅れて彼女のあとを追った。

中の島弥生の運転する車は小型のジープだった。三菱のマークの付いた車で、駐車場の照明では濃紺とも黒とも区別がつかなかった。

私はその車の助手席にのぼり、シートベルトを締め、彼女のいくつかの質問に答えた。

「車の運転はしないんですか？」

「しないことはないんだけど、普段は奥さんが乗ってるから」

「じゃあいつもバスで」

「うん？」

「いつもツタヤまでバスで来るんですか」

「ツタヤに用事のあるときはね」

「それで帰りもバス」

「そうだよ」

「一か所寄るとこがあるってどこですか」

そのあたりで彼女は駐車場から出した車を国道に乗せた。

私は行先のスーパーの名前を告げた。国道は混み合っていて、私たちの車はすぐに赤信号につかまることになった。三台先に私の乗るはずだったバスの尾灯が見えた。私は携帯電話を開いて時刻表示の数字を読んだ。七時三十四分だった。運転席から中の島弥生が私をじっと見ていた。

「何」と私は訊《たず》ねた。

「こんなこと訊《き》いていいのかどうかよくわからないけど」と彼女はフロントガラスに向き直った。「スーパーに寄るのは、晩ご飯の買物ですか」

信号が変わって前の車がすこしずつ進みだした。

目的地のスーパーまでは車で十分ほどの道のりだった。この混み具合なら倍はかかるかもしれない。私は三台先のバスを見ながら思った。少なくとも、あのバスの中で隣の乗客からうるさく話しかけられることを思えば、いまの状況はよほどましだと自分に言い聞かせた。私はシャツのポケットからタバコを取り出し、しぶしぶだが彼女の質問に答えようとした。車が次の信号につかまって停車し、彼女は質問を一つとばした。

「さっき、あたしのことを考えてたって言いましたよね？」

「うん」

「どんなこと？」

「きみのお兄さんから聞いた話のことを考えてたんだよ」

「兄があたしの話を？」

「いや、正確に言うとこれはバニラの匂《にお》いの話なんだけど」私は身振りでタバコを吸ってもいいかと訊ねた。許可が出たので火を点《つ》けた。「お兄さんときみはどのくらい親しいのかな」

何ですか？　という顔つきで中の島弥生は私を振りむいた。確かにいまの質問も唐突でいただけないな、と私はまた後悔した。

「僕にもひとり妹がいるんだけど、立ち入った話はほとんどしない。たとえば、若い頃におたがいの恋愛の話とか、そういう話はした覚えがない。だから吾郎くんときみの場合はどんなふうかと思って」

「普通じゃないかな」車を出しながら中の島弥生は答えた。「言いたいことはわかりました、それって兄のガールフレンドの話なんですね？」

「うん」

「だいじょうぶですよ、普通にそういう話もします」

「バニラアイスクリームの話も」と私は慎重に訊ねた。

「バニラアイスクリーム……その話、何でしたっけ」

「バニラの香りのする香水があると、きみが吾郎くんに教えた」

答える前に中の島弥生は車のサイドミラーに顔を向けた。それから車線をひとつ右へ変更するまで黙っていた。

「古内東子《ふるうちとうこ》の話ですね？」と彼女は言った。

「そう。古内東子の曲にバニラの香りのする香水が出てくると、きみが吾郎くんに教えた」

私がそう言うと、彼女は笑顔を浮かべて、ゆっくり首を振ってみせた。右折するために交差点で一時停止したときにもその笑顔のままだった。

私はツタヤでビデオを返すついでにその曲の入ったCDを探した。探しながら彼女の兄から聞いた話のことを考えていた。あるいは彼女の兄から聞いた話のことを考えながらCDを探していた。途中で諦《あきら》めたのは、アルバムの裏に記されている収録曲の文字が小さすぎて、眼鏡《めがね》なしでは読めなかったからだ。

「違いますよ」と彼女は言った。「厳密に言うと、違います。兄の記憶違い。古内東子のアルバムの中に、香水の名前がタイトルになった曲があると、あたしは教えてあげたんです。それがバニラの香りのする香水だとは言ってません、バニラの香りのする香水であっても不思議じゃない、とは言ったけど」

「言ってることがよく判らないな」

「ちょっとそこを開けてみてください」

中の島弥生が顎《あご》をしゃくってみせたので、私はタバコを消してダッシュボードの収納室を開いた。文庫本が二冊入っていた。表紙が見えたのは上の一冊だけだが古い文庫本だった。あとCDのケースが十枚ほど重なって入っていた。何枚か取り出してジャケットの写真を眺めていると、脇から中の島弥生の手が一枚をつかんだ。

「このアルバムの中の曲です」

そのアルバムが私の手に戻され、車は右折して二車線の道に入った。聞いてみますか？と言われたので、ぜひ、と私は頼んだ。しばらくしてその曲が流れ出した。聞き終わるまで私は口をつぐんでいた。次の曲が始まる頃には車は目的地のすぐそばまで来ていた。中の島弥生がCDプレイヤーを止めた。

「ピーチメルバ」と私は聞き取った言葉をつぶやいてみた。「それが香水の名前？」

「そうです」

「甘い香り、という歌詞があったね」

「でもバニラという言葉は出てこない。ピーチメルバというくらいだから、桃の匂いを連想しますよね、当然」

それから中の島弥生はこう続けた。

「兄がバニラアイスクリームを食べたあとで女のひとに会った。そしたら他の女の香水の匂いがすると言われた。身に覚えがないのに浮気を疑われた。たぶん溶けたアイスクリームが服にこぼれてたせいで。そういう話でしょ？　その話を兄がしたときに、アイスクリームの匂いと香水を間違えるなんてあり得ないだろって呆《あき》れてたから、あたしはそれもないわけじゃない、あり得ないと思うのはあなたが物を知らないだけで、世の中にはバニラの香りのする香水も存在するんだって、教えてあげたんです。それでたぶん、その話の流れでピーチメルバの話になったと思うんですけど」

私はうなずきながら心の中で違うと思った。

厳密に言えば違う。中の島吾郎はバニラアイスクリームを食べた翌日にその女と会った。それだけ時間の経過があったにもかかわらず女はバニラの微《かす》かな匂いを嗅《か》ぎ取った。これはまずそういう話だ。しかも、女がバニラの匂いを嗅ぎつけて中の島吾郎の浮気を疑ったとき、その瞬間、ふたりはベッドにいた。私が聞かされた話によると裸だった。中の島吾郎はバニラアイスクリームを食べたときに着ていた服をすでに脱いでいた。

だが私は、中の島吾郎が私に語った話と妹に語った話とのディテールの差に注目するよりも、もっと他愛ない事にこだわった。中の島弥生はなぜ、バニラの香りのする香水からピーチメルバを連想したのか。その曲には甘い香りという歌詞が出てくるだけで、バニラには一言も触れていないのに。話の流れでというがどんな流れがそこにあったのか？

私はその点を中の島弥生に訊ねた。

ごく軽い気持で訊ねたつもりだった。

車はすでにスーパーの駐車場に着いていた。

3

ピーチメルバという名前のデザートがある。

たいていの英和辞典にはpeach Melbaという見出しが立ててあり、「アイスクリームと桃とラズベリーソースで作ったデザート」といった記述がある。

またインターネットでこのデザートの名前を検索すると何百件ものページがヒットし、もう少し詳しい情報を得ることができる。ピーチメルバのメルバは人の名前である。ネリー・メルバ、オーストラリア生まれのソプラノ歌手。あるホテルの料理人が彼女のために新しいデザートを考案して捧げた。バニラアイスクリームに桃のコンポートをのせてラズベリーソースをたらしたデザート。それがピーチメルバの由来である。なにしろ大昔（十九世紀末）のエピソードだし、ウェブページで説明されている内容にもそれぞれ微妙な違いがある。でも英和辞典とあわせて考えて大まかなところは間違いないだろう。

まずバニラアイスクリーム
それから桃のコンポート（シロップ煮）
さらにラズベリー（木苺）
この三つの材料で作られたデザート、それがピーチメルバだ。
要約すればそういった話を、スーパーの駐車場に停めたジープの車内で中の島弥生はまず私に語った。それから次に古内東子のピーチメルバの話に移った。
この曲の歌詞は、ごく大ざっぱに言えば、ひとりの男とふたりの女の三角関係をあつかっている。女は男に恋をしている。でもその気持を直接伝えてはいない。男には恋人がいる。女はその恋人のこともよく知っている。その恋人がつけている香水のことも知っている。こんな歌詞からそれが判る。

きまって彼女が去ったあとは甘い香りがしてた
あれはピーチメルバ

つまり片思いの相手の恋人がつけている香水がピーチメルバだ。でも現実にそくして言えば、ピーチメルバという名前の香水はない。インターネットで検索してみた限りでは実在しない。じゃあなぜ歌詞の中でその恋人がピーチメルバという架空《かくう》の香水をつけているのかと言うと、そのへんの事情は本を読めばだいたい判る。

「古内東子が書いた『恋愛日和』という本があるんですけど」と中の島弥生が話し始めた。

「だいたい判ったよ」と私は止めた。「なるほどね、そういうことか」

本の説明をしかけていた中の島弥生は黙りこんだ。私はほんの少し気の毒になった。

「とにかく歌詞の中ではピーチメルバは香水の意味で使われている、と。でも本来の意味を知っていれば、ピーチメルバからはバニラの匂いがしても不思議じゃないわけだね。バニラアイスクリームを使ったデザートなんだから。それできみは吾郎くんから例の話を聞いたときに、話の流れでピーチメルバを連想した。なるほどね」

「晩ご飯の買物ですか」

今度は私が黙りこんだ。

「スーパーで晩ご飯の買物して帰るんでしょ？」と中の島弥生がくり返した。

私は片手で携帯電話を開いて時刻を確かめたところだった。

その流れで妻から昼間届いたメールの内容を確認するつもりでもいた。勤め先から妻はときどきメールをよこす。外出の予定は？　という一行だけのメールを。ない、と返信すればそれで終わる。今日みたいに、ある、と返信すれば、じゃあということで買物のリストが送られてくる。牛乳と、納豆と、卵と、あともう一つ何かあったはずだが思い出せない。

「そうだよ」と私は答えた。

もちろん事実はそうではなかったが、でも仮に、妻は毎晩仕事で帰りは九時過ぎになる、ふたりで晩ご飯を食べるのは日曜くらいしかない、買物はどちらかといえば晩ご飯ではなくて朝ご飯のぶんだね、などと正直に答えたとしていったい何になるのだ。

「待たなくていいですか。あたし、ここで待ってて家まで送りましょうか？」

「いや、ここからはタクシーで帰るから」

そこで私が笑顔になって、ありがとう、おかげで勉強になったよ、とても礼を言って車を降りてスーパーへ向かっていれば、この話はここまでだったと思う。だがそうはならなかった。

「兄には話してないんですけど」

「え？」

「バニラの香水ってほんとにあるんですよね、実際につけてる人もいる」

私は右手に携帯電話を持ち、左手ですでに半分開いたドアを押さえたまま彼女の言葉を待った。

「あたしの先輩が、今年のお正月にロクシタンというブランドの福袋を買ったんです。リネンウォーターが中に入ってるって店の人に聞いて、つい買ってしまったんだそうです。そのリネンウォーターの噂《うわさ》を前々から聞いていて、手に入れたいと思ってたから。一本のリネンウォーター欲しさに高いお金を払うなんてあたしには信じられないけど、でも先輩はそういう人なんですね。この品物はこのブランドがいちばんよ、値段が高くても、そういう人なんです。

ただ、福袋だから中にはいろんな物が入ってるわけでしょ？　いくら何でも全部捨てちゃうのももったいないでしょ？　だから一度使うだけでも使ってみようって、それで先輩はある日、福袋に入ってた香水を試してみたんですね。バニラの香りのする香水。最初に気づいたとき、あたしが、香水変わりましたね？　って声をかけると先輩は、強い？っ て気にしてたけど、あたしは、ううん、とってもいい香り、心の中では、お菓子みたい、まるであたしを食べてって言いふらしてるみたい、と思ったけどそれは言わなかった。

ある日、先輩とご飯を食べる機会があって、何人かで一緒に、そしたらあたしたちのテーブルのそばを子供連れの家族が通りかかって、子供がいきなり大声で、ママ！　って叫んだんです。ねえママ、ママ、アイスクリームの匂いがするよ。なんだかとても嬉しそうな声で、それが微笑《ほほえ》ましくてあたしは笑ったんだけど、テーブルのみんなも気づいた人は笑ってたと思うけど、先輩はあたしの隣で身の置き所がないみたいに赤くなってた。その日以来、先輩はバニラの香水をやめたみたいです。それが週末の晩で、週明けに先輩と会ったときにはもう、お菓子の匂いもアイスクリームの匂いもしなかったから」

そこまでで中の島弥生は話にひと区切りをつけた。

彼女は私のほうを見てはいなかった。私は彼女の横顔と全体の姿をあらためて印象にとどめた。それから車のドアを閉めた。

「リネンウォーターって何」と私は座席にすわり直して質問した。

「アイロン掛けのときにスプレーして使うんです」運転席側の窓を開けて、彼女はタバコを取り出した。箱入りのマルボロだった。「霧吹き、って言えばわかるでしょ？」

「その先輩は、会社の？」

「はい。もう辞めましたけど」

「先輩が」

「ううん」彼女はタバコに火をつけた。「あたしのほうが」

中の島弥生から受ける印象は強くなかった。少なくとも見かけは、ごくありきたりのカジュアルな服装をした二十代の女性だった。印象をひとことで表せば「地味」だった。男で言えば私のようなタイプだ。まもなく始まるゴールデンウィークで譬《たと》えれば、四月三十日とか五月二日といった感じだった。髪は短めだったが、一度会っただけではショートだったかロングだったかあとで思い出しにくい程度の短さだった。目立って背が高くもなく低くもなく、痩《や》せても太ってもいない。誰がはいても見分けのつかないジーンズをはき、丈《たけ》が短めの誰が着ても似合いそうなブラウスを着ている。

「だから暇なんです。これから行くあてもないし、することもないし。ゴールデンウィークどころか明日の予定もない」

「いつ会社を辞めたの」

「三月いっぱいで」

「どうして」

「どうしてって聞かれても……」

私は自分のタバコに火をつけ、助手席側の窓を開放した。中の島弥生が短いため息をついた。

「やっぱり、人は仕事をするべきですよね」

「まあね」

と私は肯定的な相槌《あいづち》を打った。まっとうな意見なので反対するわけにはいかなかった。

中の島弥生が疑わしそうな顔で私を見た。

「でも、するべき、は言い過ぎかもしれないね。たとえば、お金の余裕さえあれば」

「あるんですよね、それが」

「へえ」

「郵便貯金もあるし、失業保険も出るし、こう見えてあたし結構お金持ちなんです。高校卒業してずっと働いてきて、お金を使ったといえばこの車のローンくらいだし、他に欲しいものも思いつかないし、このままだと何年でも遊んで暮らせそうなんです。そのあとのことさえ考えなければ」

中の島弥生の兄の年齢を私は思い出そうとした。中の島吾郎が独立して店を開店させるずっと前、若いバーテンダーとして働いていた頃からの付き合いだが、若いと言ってもその頃彼がいくつだったのか、当時から何年が経過しているのか正確には判らなかった。私は自分が四十代後半であることを基準にして、大まかに計算してみた。彼もいまは三十代なかばだろうと見当がついた。すると彼の妹の中の島弥生は、見かけはもっと若く見えるけれど、三十前後なのかもしれない。

「会社を辞めてみてわかったんですけど、お金があって自由な時間があり過ぎると、人生ってごまかしがきかないですよね。仕事仕事で毎日があっという間に過ぎていくっていうことがなくなるんですよね。朝起きるときも目覚ましをかける必要がないでしょ、何時までに出勤しなくちゃという事がないわけだから、何時に起きてもいいんですよね、起きなくてもいいんです」

喋《しゃべ》っている途中で中の島弥生はタバコを消した。ダッシュボードの灰皿には、さきほど私が吸ったぶん以外にも何本か吸殻《すいがら》が溜《た》まっていた。全部同じ長さに切りそろえたような真直ぐな吸殻だった。

「でもずっと寝てるのも難しいし、起きるのは起きるけど、起きて何をするのか考えなくちゃいけない、映画でも見にいくかとか、そのあと図書館にでも行こうかとか。そうやって、朝起きるとこから全部自分で決めて、一日じゅう自分で考えて、次に何をやるか、やることにどれくらい意味があるのか考えたりして、意味が考えつかなくてもとにかく何かやって、まる一日、自由な時間をつぶしていくってもっと難しいんですよね」

「仕事をしてればごまかしがきく」

「ききますよ。転がる石に苔《こけ》は生えないって諺《ことわざ》もあるでしょう？　やる事があれば何でもいいんです、たぶん、そういう意味では結婚もきくと思うんですよね、主婦としての仕事、子育て、ご近所づきあい、姑《しゅうとめ》との喧嘩、全部ききます。言ってる意味はわかりますよね？　男も女もやっぱり仕事をするべきです。会社に行けばそれだけで、考える暇もなくばたばた働いて八時間とか九時間とか時間がつぶれるんだし。いまのあたしに言わせればそのほうがよっぽど楽です。いまよりは楽に人生を過ごして、年を取っていけそう。比べるのも何だけど、アメリカの映画スターだって仕事をつづけますよね、もう働く必要ないくらい大金持でも仕事はやめませんよね、おまけに慈善事業とかにまで参加したりするでしょう。人はやっぱり仕事するべきなんだって、お手本みたいな話ですよね。貧乏で職がないというのはもちろん辛いけど、お金があっても、するべき事がないというのは辛いんです。朝はやっぱり目覚ましで起きるべきなんですよ。ねえ、小説を書くのもそうじゃないんですか。一日に何時間仕事されてるのか知りませんけど、そのあいだは余計なこと考えずに時間が過ぎるでしょう？」

「過ぎるね」

「過ぎるんですか」彼女がゆっくり私を振りむいてつぶやいた。「なんだ」

「なんだって何」

「反論してくれるかと思ったのに」

「反論？」

「よくわからないけど、そういうふうに考えるのは良くないよ、とか、その諺の使い方はちょっと違うよとか。知ってますか？　ドリュー・バリモアはこう言っています。嘘をつかない、シニカルにならない、というポジティブな姿勢を大切にしたい」

私は短くなったタバコを消した。引き出したままの灰皿の凹凸になった部分で消し、灰皿を中へ押し込んだ。ドリュー・バリモアって誰、と意地悪に聞き返す手もあったがそれは控えた。ドリュー・バリモアはもちろんアメリカの映画女優だ。

「きみはいろんな情報を持ってるんだな」

「あたりまえですよ。この一カ月で一生ぶんの映画を見たし、テレビだって見たし、図書館で本も読んだし」

「インターネットの検索もしたし」

「ええ、ひとりでテーマパークも見学したし」

「どうして会社を辞めたの」

「ひとりになって考えてみる時間が欲しかったんですよね」

そう答えたあと、中の島弥生は自分で自分の台詞に鼻を鳴らした。

「さっきの先輩の話」と私は言った。

「はい」

「あの話と会社を辞めたことは何かつながりがある？」

中の島弥生はフロントガラスを見つめてしばらく間を置き、いいえ、と答えた。その間がいかにもつながりがあると言わんばかりだった。あると答えたも同然のように私には思えた。リネンウォーターが何かよりも、よほどその事に好奇心が動いた。でも相手が自分から喋ってくれるのをこれ以上辛抱づよく待つ余裕はなかった。特に時間の余裕がなかった。

「新しい仕事を探せばいいんだ」と私は話を締めにかかった。

「やっぱりそうですよね」

と相手が答え、少し考えて私はつけ加えた。

「それか、さっきの言い方で言えば、結婚してもいいし。もちろん小説を書いてもいいけど」

中の島弥生は私のジョークを聞き流した。

「スーパーで何を買うんですか」

「牛乳と、納豆と、卵」

「それって晩ご飯じゃなくて朝ご飯でしょ」

「そうだよ」

「奥さんのお使いで」

「うん。きみの言う通りだ、結婚してるとこまごました用事で時間がつぶれる。そういう意味では結婚はごまかしがきく、うちに子供がいれば、もっときいたかもしれない」

それにも何も答えずに、ときどき兄の店に顔を出してやってください、と中の島弥生が言い、そうする、と私は言った。

それから私は車のドアに手をかけた。まだほんの少し、引きとめられることを期待しながら助手席側のドアを開けて外に降りた。

ドアの窓越しに軽く手を振り、背を向けると、三菱のジープはためらいもなく動き出した。私がスーパーの入口まで歩いたときには駐車場から姿を消していた。

入口で買物籠《かご》を持つ前に携帯をひらいて昼間の妻のメールを読んだ。私が買わなければならないのは、牛乳と納豆と卵、あともう一つは生姜《しょうが》の味噌漬けだった。

4

何日か経って、中の島弥生から自宅に電話がかかってきた。

五月二日の夜だった。

十時を過ぎていたので妻はとうぜん帰宅していたが、電話に出たのは私だった。その少し前に雑誌の編集者と話していたので受話器は書斎の机の上にあった。あって幸いだった。別に妻が私にかかってきた電話に出たからといって大騒ぎすることもない。だがもし妻がその電話を取り次いだのであれば、かかってきた時間も時間だし、やはり何らかの言い訳は必要になったと思う。たとえば、中の島吾郎の名前を持ち出して一から説明することになったかもしれないし、その妹に番号を教えたおぼえはないので、電話帳か一〇四で調べてかけてきたんだろうと、電話が切れたあとで余計な言い訳まで私はしたかもしれない。そしてそれはそれで妻の余計な疑いを招いたかもしれない。疑いを招きはしないまでも、機嫌はそこねたかもしれない。

中の島弥生の用件はひとつだった。

「飲みにいきませんか？」

と彼女は電話口で言った。周囲の雑音から彼女がすでに繁華街に立っていることは想像がついた。

「せっかくだけど」と私は答えた。

「忙しいんですか」

「うん」

「小説を書いてるんですか」

「書いてるよ」

「そうですか、それじゃあ、また」

電話はそれで切れた。切られたほうが物足りなさをおぼえるくらいのあっさりとした退き方だった。私は机の上のクロックラジオで時刻を確認して、タバコを一本吸い、また仕事に戻った。

三時間ほど過ぎて、仕事をきりあげた。

パソコンの電源を落とし、椅子の背にもたれてまたクロックラジオの時刻表示を見ながらタバコを吸った。

遅くとも午前三時には寝て、翌朝、十時出勤の妻とふたりで朝食をとる。それが普段の私の生活だった。まだ二時間あった。寝つきの良さと早起きが自慢の妻はこの時間にはもう休んでいる。私のほうは、遅くとも午前三時に寝るためには、アルコールか軽い睡眠薬の力を借りることになる。

キッチンへゆき、冷蔵庫のビールを飲み、何か残り物でもつまもうと思った。そう思って椅子を立ち、書斎の——机と本棚と仮眠用のソファベッドを配置した六畳を私は書斎と呼んでいるのだが——窓を開けて空気を入れ替えた。書斎には空気清浄機も置いてあるので、ことさら必要のないことを私はしているのだった。

私は窓からすこし乗り出して、空の星を見て、気温を肌で測った。それで自分がこれから何をしようとしているかがより明確に意識できた。携帯電話に登録してある中の島吾郎の番号を押してみると、電話は三回のコールでつながった。あけてる？　と私は訊ねた。あけてますよ、と中の島吾郎が答えた。

あとは翌朝の妻への言い訳、もし妻が気づいた場合の言い訳が面倒なだけだ。それもひどく面倒になると思いながら私は窓に鍵をかけ、気温に適切な外出着に着替えた。

中の島吾郎の店に入っていくと、カウンター席に中の島弥生がいた。ひとりのようだった。他に客は一組、入口のそばに据《す》えてある小さな丸テーブルで男女ふたりずつの四人が飲んでいた。

私がカウンターの奥の椅子に腰をおろすと、中の島吾郎がまず先月の開店祝いの礼を述べた。それから二つ離れた椅子にすわっている中の島弥生を指して、妹ですよ、と言った。私はそちらへ視線をやって、中の島吾郎にうなずいてみせた。こんばんは、と妹が挨拶したので、こんばんはと私は挨拶を返した。おひさしぶりです、と続けて妹が言った。私は少し間を置いて、そちらへ視線をやって本人にうなずいてみせた。

「おぼえてますか」と中の島吾郎が言った。「ここのオープンのとき手伝ってもらってたんですけど」

「おぼえてるよ」

「水割りですか？」

「いや、ビールがいい。それと少し腹が減ってるんだ、何か作ってもらえないかな」

「作りますよ、この通り店は暇ですし。簡単なスパゲティで良かったら」

生ビールのグラスが私の前に置かれた。一口飲んでいるあいだに陶器の灰皿が置かれ、ナッツを盛った陶器の小皿が置かれた。それから中の島吾郎はスパゲティを茹《ゆ》でるためにキッチンに入った。

小皿からアーモンドを一粒つまんでいると、二つ離れた席から声がかかった。明らかに酔ってるな、と感じ取れる口調だった。ろれつがまわらないというのではなく、姿勢も崩《くず》れてはいなかったが、声は大きめだったし、十時から飲んでいるのがうかがえる程度に目つきのほうも怪しかった。

「小説は書けたんですか」

「書いたよ、三時間ほど」

「いっちょあがり」

「いや、あしたも続きを書く」

「あさっても」

「あさっては日曜だから仕事はしない」

「ねえ」と言って中の島弥生が話を変えた。「暑くないですか、それ」

中の島弥生は焼酎《しょうちゅう》を飲んでいた。背の低い大ぶりのグラスでオンザロックにして飲み続けている模様だった。彼女の前にアイスペールと焼酎のボトルだけ置いてあったので推測できた。

私はうなずいて上着を脱ぎ、隣の椅子にかけた。タクシーで来る途中からそう思っていたのだが上着は要らない。気温の測り間違いかもしれなかった。中の島吾郎も、中の島弥生も着ているのは半袖のTシャツだった。上着を脱いでもまだ暑苦しくて私は長袖のシャツの袖《そで》を肘まで捲《まく》りあげることにした。ねえ、どう思います？　と中の島弥生が訊ねた。

「若い男と女が出会って一目で恋に落ちるんですね。純粋に、愛し合うんですよ、アダムとイブみたいに。他のことは何も目に入らないくらい、純粋に愛し合って、ふたりで暮らし始めるんです。小さな島に、小さな家を建てて、ふたりきりで。でも不幸な出来事が起こってふたりは別れ別れになるんです。男が突然いなくなって、女は病気になるくらい嘆《なげ》き悲しんで、可愛想に、身ごもっていた赤ちゃんを死産するの。ところがね、それから時が過ぎて、長い、長い、何十年もの歳月が過ぎて、またある日、ふたりは出会うんです、偶然に」

「劇的に」私は右の袖を捲りあげて左に移った。「それは映画の話？」

「ううん、小説」

「泣ける話だね」

「でも気づかないんですよ」

「うん？」

「再会しても気づかないの、お互いに。ふたりとも年を取ってしまって、体型だって、ぶくぶくに太ってしまってるし、お互いに相手が誰かわからないの。それで小説は終わる。読んだことないですか？　サマセット・モーム。こないだ車の中に積んであったんだけど」

私はぼんやりとだが思い出した。

サマセット・モームの小説を思い出したのではなくて、中の島弥生の車のダッシュボードにＣＤと一緒に文庫本が二冊入っているのを見たのを思い出した。たぶんその記憶のせいだと思うが、次にまた彼女が別の話をはじめたとき、それが二冊重ねてあったうちのもう一冊の小説の筋書きだと（少なくとも最初のうち）勘違いした。

「ねえ」とまた中の島弥生が呼びかけた。「そういうのって恋愛に対してシニカルですよね。シニカルだと思うな。サマセット・モームってずいぶん昔の人なのに、昔からそういう考えの人っていたんですね」

「ドリュー・バリモアみたいな人だっていたと思うよ」

「男と女が出会って、一目ではとくに恋に落ちないんですね。強《し》いて言えば、何回か会ってるうちに、ちょっとずつ好きになっていくんです。そして気づいたら大好きになってる。でも可愛想に、それは女のほうだけなんです。男のほうはどう思ってるのか、何回でも、何十回でも、気持を確かめるチャンスはあったのに女は黙ってるんです。女のほうから好きだなんて言うべきじゃないと頑固《がんこ》に思ってるから。そのうちに時が過ぎて、ふたりはもう友達どうしになる。お互いの友達とも一緒につきあったりするようになる」

扉の脇のテーブル席へ私は視線を投げた。四人のうちのひとりが立ち上がって勘定《かんじょう》を頼むと、中の島吾郎がキッチンから出てきて相手をした。割り勘で支払った四人を送り出して、テーブルの片付けには手をつけずにまたキッチンに戻った。

戻る前に、中の島吾郎は私たちを見て微笑を浮かべて通り過ぎた。私たちを見るというよりも、私たちのあいだの空気を見るような曖昧《あいまい》な目つきだった。

「それで」と私は訊ねた。

「ある日、結婚式の招待状が女に届くんです」

「男が結婚する、友達のひとりと」

「うん」

「ピーチメルバだ」

「ピーチメルバには」中の島弥生はオンザロックのグラスを口に運んだ。薬のあとの水のような飲み方だった。「結婚式の歌詞は出てこないでしょ」

「ピーチメルバの続編だ」

「男が結婚すると知ってはじめて、女は自分の気持を伝えるべきだ、このままじゃ人生終われないと決心するんです。結婚式の前日に、男に会って告白する。あたしは、あなたが、ずっと好きだった。他のひとと結婚するのはやめて。あたしに来て」

「あたしに来て」

「そう」

「あたしのそばに来て」

「どっちでもいい。どう思います?」

「結婚式の前日、というのがどうもね」

「もう間に合わない?」

私はその質問には答えなかった。中の島弥生の視線を敢えて避けて、正面の壁のボトル棚を見て生ビールを飲み、小皿のアーモンドをもう一粒口に入れた。

「相手の女は、どういうひと?」

「いいひとですよ」

しばらく間が空いたので私は中の島弥生に目を戻した。すると彼女は、こういうひと、と言い、片側の耳に髪をかける仕草をしながら、強く顎を反らせて見せた。

「どういうひとだよ」

「だから、ひとことで言えばこういうひと」

中の島弥生はもういちど同じジェスチャーをした。最初に招き猫の手のように片手を軽くまるめて、その指先で耳もとの髪をかきあげると、頭の後ろでぱっと手のひらを開いて見せた。同時に顔は店の天井を仰《あお》いでいた。さきほどの仕草を誇張《こちょう》したつもりらしかった。

「椅子に腰かけるときなんかに、こういうことやるの。そっくり返って椅子から落ちないかと思う」

「でも男はそのひとが好きなんだろ？」

「そう、だから男はそのひとと結婚するの。そのひとも男のことが好きなの。でも、女はもっと男のことが好きなの。男がそのひとを好きであるよりも、そのひとが男を好きであるよりも、誰が誰を好きであるよりも、女は男のことが好きなの」

私はため息をついた。

生ビールはグラスの底にあと一口分しか残っていなかった。いますぐにそれを飲んで中の島吾郎を呼んで二杯目を頼もうかどうか私は迷った。

「ねえ、どう思います?」

「何が」

「結婚式の前日じゃ、もう間に合わない?」

「もし小説を書くとしたらね」私は生ビールを飲んだ。「僕ならそういう設定にはしない」

「なんで?」と中の島弥生が意外に弱気な声で訊いた。

「テレビドラマじゃあるまいし、結婚式に何の意味があるんだ? 別に結婚式を最後の最後に置く必要はないよ。たとえば新婚旅行から帰ったところを待ち伏せして告白してもいい。何なら男とそのひとのあいだに子供ができてから告白してもいい。二人目ができてからだって遅くない。気持を伝えたければいつでも伝えればいい」

私はキッチンに呼びかけて、顔を覗《のぞ》かせた中の島吾郎に空のグラスを示した。

「でもそれを書くのは難しいと思う」と私は考えて続けた。「気持を伝えたければいつでも伝えればいい、と書くのは簡単だけど、実際に伝えさせる場面は難しい。時間が経てば経つほどやっかいになる。人はいったん結んだ関係に縛られるからね。結婚してなくても想像はつくだろ? 単に好き嫌いの関係じゃなくなってしまう。結婚するともっと複雑な結び目ができる。親や親戚やお互いの友人まで絡んでくる。慣れとか、諦めとか、情とかいう言葉も絡んでくる。当然お金の問題も絡んでくる。そういうことをリアルに書けば書くほど難しくなる。難しいことは読者に歓迎されない。特に恋愛小説では誰もそんなことは読みたくない。だから、できれば男が結婚する前のほうがいいよね。もし女の気持が男に受け入れられるのなら、受け入れられる望みが少しでもあるのなら、そういう場面は結婚式の前に片づけたほうがいい」

中の島吾郎が二杯目の生ビールを私の前に置いた。

「なにそれ」と中の島弥生が言った。

「なにそれって」私は生ビールを飲みかけて答えた。「質問の答えだよ、どう思うって聞くから僕なりに考えてみたんだ」

「弥生」

と中の島吾郎が妹を見て言った。

「おまえ、もう帰れ」

その一言で空気がひきしまった。彼が誰かに対して命令口調で喋るのを聞いたおぼえがなかったせいもあると思うが、私は中の島吾郎がいつもの調子とは違うことにようやく気づいた。

「明日は用事がいっぱいあるんだろ？」

「いくら？」

「いいから帰れ」

妹はことのほか素直に椅子から降りて、布製の鞄《かばん》のような袋のようなものを肩から提《さ》げて、私に笑顔をむけた。

「聞いたでしょ？　明日はいっぱい用事があるんです、あさって結婚式だから、美容室に行ったり洋服を買ったり。だから、今夜は目覚ましかけて寝ないと」

「誰の結婚式？」

中の島弥生は答えなかった。

それが彼女のもといた会社の先輩の結婚式であることは、あとで中の島吾郎が教えてくれた。教えてくれたというのは正しくないかもしれない。彼はただ、妹が出て行った店の扉のほうを見て、先輩の結婚式なんですよ、と言っただけだったから。

そのあと中の島吾郎はテーブル席の後片づけをはじめ、私はカウンターの端でスパゲティを食べた。ピーマンと玉葱《たまねぎ》と鷹《たか》の爪とニンニクとオリーブオイルを使ったスパゲティだった。それをフォークに巻き取って食べている途中で私は気持を押さえ切れなかった。

「大丈夫かな」と私は中の島吾郎の背中に訊ねた。

何のことですか？　と聞き返されれば、黙ってスパゲティを食べ続けるつもりだった。何を訊ねたいのか自分でもよく判らなかったのだ。

「大丈夫ですよ」と中の島吾郎は答えた。

「その先輩の結婚相手は、妹さんの知り合い？」

「はい」

「よく知ってるひと」

中の島吾郎はテーブルを拭《ふ》きながら答えた。

「車を買ったんですよ、その男から、そのとき知り合ったんです」

「妹さんからいろいろ聞いてるの」

「何をですか」

「その男のこと」

「いいえ、別に聞いてません」

「ほんとに大丈夫かな。僕が妹さんに喋ったことは聞いてただろ？」

中の島吾郎は重ねたグラスや小皿や灰皿やおしぼりを載せたトレイをカウンターの上に置いた。それから中に入り、両手でトレイを持って私の前を通り過ぎるとキッチンに消えた。私はまだ物足りなかった。中の島弥生と会ったあとの、彼女の引きぎわがいつも不満だった。

やがてキッチンから中の島吾郎の声がして、私はフォークを持つ手を止めた。

「妹のことは大丈夫ですよ」

「そう」

「酔っぱらいですから」

「それにしても、僕は余計なことを喋ったと思う」

「気にしないでください」

中の島吾郎は私に見えないところでタバコに火を点けた。どうせあいつは、と彼は言った。

「何？」

「妹は人の話なんか聞かないです」

5

ふたり連れの客が引きあげた頃に、中の島吾郎は私の前に戻ってきた。

店は暇といえば暇だった。カウンター席には私のほかに中年の男がひとりいて、目の前に置かれたビールグラスには見向きもしないで携帯電話をいじっていた。メールを打っているのだとすれば相当長文のメールに違いなかった。テーブル席には若い女三人のグループがいて、静かに話しながら飲んでいた。店に流れている音楽の曲と曲の切れ目に、控えめな笑い声が聞こえる程度だった。若い女三人ということを考えれば、好感が持てるというよりもむしろ記憶にとどめたくなるようなおとなしい飲み方だった。

私は中の島吾郎に自分のウィスキーを一杯勧めた。彼はそれをオンザロックにして一口飲んだ。

「それで？」と私は訊ねた。

「何でしたっけ」

「あとで、例の話の続きもありますし」

「ああそうか」中の島吾郎は思い出した。「あのあと同じことをもう一回やってみたんですよ、言われた通りに」

「何だっけ」

「黙って同じことをもう一回やってみたらって、そう言ったでしょう。だからやってみたんです。ハーゲンダッツを食べて、そのことは彼女には黙って、同じことをくり返してみたんですけどね」

やっぱりそっちの話か、と私は思った。五月二日の晩以降の、中の島弥生と、彼女の先輩と、彼女の先輩の結婚相手とに関する話ではなくて。

「それで」と私は訊ねた。

「気づきません。今度はまったく気づかなくて拍子《ひようし》抜けです。やっぱりあれはアイスクリームを食べてから彼女に会うまでの時間とか、それまで僕が何をしていたとか、その晩の体調とか、汗のかき方とか、そういうことで違いが出るんでしょうね」

「シャワーを浴びたとか浴びないとか」

「ええ、同じことをくり返したと言っても、最初のとき自分が何をしてたか細かい事は憶《おぼ》えてないですからね」

「溶けたアイスクリームのしずくがシャツに落ちてたのかもしれないしね。それでシャツを脱いだときに、バニラの匂いが立ちのぼってベッドにいる彼女の鼻が嗅ぎつけたとすれば、シャツの脱ぎ方にもよるよね、脱いだシャツの置き場所にもよるし、彼女の身体の位置や姿勢にもよる」

中の島吾郎は神妙な顔でうなずいてウィスキーを飲んだ。頬が緩むのを堪《こら》えたのかもしれない。最初のときの彼女の身体の位置や姿勢を思い出していたのかもしれない。

「そんなことより」と私は言った。「よかったね、おめでとう」

「妹のことですか？」

「うん」

「そうですね。まあ、それはよかったです」

「まあって」

「再就職先を世話したのは、男を見つけさせるためじゃなかったんだけどな、そのくらいの意味です。うちのお客さんに頭下げて紹介してもらった仕事だし、まさかこんなに早くやめるとは」

「結婚したら仕事はやめるって？」

「はい、主婦の仕事に専念するって言ってます」

「結婚したいと思うほどの男に出会ったんだから、お客さんに頭さげた甲斐はあったんじゃないの？」

「それはそうですけどね」

中の島吾郎はカウンターの反対側の端のほうへ歩いて行った。長文メールを打ち終えた客が思い出してビールを飲み、飲みほしたのに目ざとく気づいた模様だった。

実は質問が喉《のど》まで出かかっていた。

それはもちろんこんな質問だった。五月四日の先輩の結婚式の前日に、先輩の結婚相手である自動車販売会社に勤める男に、中の島弥生は自分の気持を打ち明けたのだろうか。

現実にそういうことが、ピーチメルバの続編のようなことが起こったのだろうか。それとも彼女は最後の最後まで、女から男に気持を告白すべきではないという考えを通したのだろうか。その考えを通した結果が再就職であり、新しい職場で出会った男との結婚ということになったのだろうか。

だが私はそれらの質問を呑み込んだ。

次に中の島吾郎が戻ってきて前に立ったときにはもう諦めていた。妹の恋愛に関するどんな質問をしたところで、この兄に答えられるわけがない。仮に答えられてもこの私に教えるはずがない。おめでとう、といま言ったばかりなのに、そのめでたい話に水を差すような質問をするべきではない。私は自分にそう言い聞かせて諦めをつけた。

その代わりに一つ、前から温めていた話をした。ピーチメルバに関しての話だった。

あれから私は古内東子のCDを手に入れて聴いてみた。妻から買物を言いつけられたついでに、ツタヤに寄って、今度は老眼鏡を忘れずに持参してピーチメルバの収められたアルバムを買った。あらためて聴いてみると、ピーチメルバの歌詞にはこういう部分があった。

四月の春風にとけてゆくピーチメルバ
どうしてこの心こんなにもみだしてゆくの

春風にとけてゆくのはもちろん香水のピーチメルバなのだが、そしてその香りのせいで心がみだれるという意味なのだが、でもとけてゆくのがデザートとしてのピーチメルバであっても、とけてゆくバニラアイスクリームに赤紫のラズベリーが渦《うず》になってみだれるように心がみだれると解釈してもこの歌詞は成立する。

私はそんな話を中の島吾郎にした。

どう思う？　と訊ねてみた。他愛ないといえば他愛ない話で、あたり前だが中の島吾郎の反応は鈍かった。彼にはまずピーチメルバという言葉の由来から説明する必要があった。そもそもこの種の他愛ない話は中の島弥生とふたりのときにするべきなのだ。仕事をしていなくて暇なときの中の島弥生とふたりで、と言うべきだろうか。

私は主婦の仕事に専念している中の島弥生の様子をちょっと想像してみた。その想像は割にたやすかった。少なくとも、将来もう一度、スーパーの駐車場で彼女と私がピーチメルバについて語り合っている場面を想像するよりは簡単だった。

店が立て込んできたので、私はまたひとりになってしばらく飲んだ。立って歩ける程度に量を加減して水割りを飲み、それから飲みに出たときはいつもそうするように、寝つきのいい妻がベッドに入った頃合いを見て、勘定を頼んだ。

ダンスホール

0

いまから四年前、私の身に災難がふりかかった。

妻をふくめ身近な人間はそれを気の病と言い、医者もおなじ見立てで処方箋を書いたが、私には災難としか思えなかった。

ある日机に向かって仕事をしかけると、不規則な動悸を感じ取った。最初のうち何の信号なのかわからなかった。間違った知らせを運んできた使いが戸口に立っているような気がした。キーボードを打つ手をとめて、待ってみると、ほどなく呼吸が苦しくなった。息を吐くことも吸うことも自由にならない恐怖を覚えた。使者が戸を叩き続けていた。椅子を降りて、脂汗をかきながら、床にじっと横たわっているうち症状はいくぶん抜けていった。そのときから、小説書きの仕事が困難になった。

仕事を諦めてしまうと、日がな一日することがなくなっていた。夏の盛りにすることがないのは憂いの種になり、ひとりでいれば症状が再発したが、ひとと交わり他人の目に自分をさらすのはまた別の憂いが増すだけだった。蜩《ひぐらし》の鳴く頃、私は思いつめて身の周りを整理した。そして不要な交際をぜんぶ絶った。災難の年から、時間をさかのぼり、およそ十年前までの比較的新しい交際を絶った。およそ十年前というのは、妻と知り合い身を固めた年で、そこから私のつきあう人種は以前とは変わってしまっていた。考えてみればとくに用のある人間はいなかった。

秋に、妻との争い事にけりをつけて家を出た。

離婚して、仕事をすっかりやめ、安定剤を呑むようになったのではなくて、順番は逆だった。単身者向けマンションに入居した日、夕方、駅前では北朝鮮が地下核実験に成功したという号外が配られていた。入居先の建物は駅の裏手、港に近い区域にあり、その一帯の再開発のため先では取り壊しが決まっていた。私の部屋は六畳一間に、折り畳み式ベッド、小型冷蔵庫、ガスの調理台、ユニットバスが付属していた。それまで書斎で使っていた両袖机と電話とファクス機と空気清浄機は処分し、引っ越したあともパソコンの荷は解かなかった。皮肉なことに、収入のあてのない独り住まいを始めたあたりから、症状はめったに出なくなっていた。

これから語るのは、その年の秋も深まってからの出来事なのだが、誰にとってというのではなく、不都合な事実は伏せたり敢えて曲げたりしなければならなかったし、固有名詞はなるだけ実在のものを避けた。私はふたたび小説を書こうとして書いたのだから、どうしてもそういう手間は必要だった。

1

十一月下旬の三連休初日、土曜夜九時をまわった頃、彼は私たちの町の繁華街のどまんなかに立っていた。その日東京から着いたばかりのよそ者だった。

午前中に羽田を発ち、昼過ぎに当地の空港に初めて降り立つと、シャトルバスで市内に入った。バスターミナルの案内所で観光マップを手に入れ、そこからは歩きで、日が暮れる前に予約していたホテルを見つけて宿泊手続きを終えた。

名前は西聡一《にしそういち》といい、大手町に本社のある鉄鋼関係の会社に勤務、総務部主任の肩書きを持つ四十歳の男だった。旅行の目的は出張ではなく、私用だった。

とはいっても、この時点で私はまだ彼のことは知らなかった。夜九時前にいちど、おなじ場所に居合わせ、人あたりの良さそうな顔を記憶にとどめはしたが、素性までは知らなかった。そしてこの日以降、偶然にでも会うことは二度となかった。記憶にとどめたはずの顔もいつのまにか忘れてしまった。

繁華街のどまんなか、とさきに書いたのは、観光マップにはどう説明されているか知らないが、普段なら、補導の対象になる子供から杖をついた老人まで幅広い年齢層の酔客、およびホステス、居酒屋の呼び込み、日本人の男や外国人の女の客引き、それとは別に道端に立っても坐っても習慣的に円陣を組んで冷めた顔つきでたむろする若い男女の一団、人通りを縫ってのろのろ道を横切るタクシーの空車の列、などでにぎわう十字路のことだった。ところがその晩にかぎり様子が違った。

あたりは若者であふれかえっていた。

地元で働いている者、よそで働いていて帰省した者、地元の学生、帰省した学生、職歴も学歴もなくぶらぶらしている者、そういった若い人間がいずれも数人から十数人の群れになってうろつき、あるいは足をとめて親しい群れどうし声高に談笑したりしていた。

その日の午後、市内で地元のバンドの野外イベントが催されていて、そこから流れた観衆があらかた飲屋街に集まってきたという事情だった。

むろんイベントとは関係なく、普段どおり、道端に円陣をつくって静かにたむろしている若い男女のグループもあった。彼らがどこから来て何をしているのかはふだんから謎だった。

歩いている若者たちの大半は酔っていた。すでにどこかで飲み食いしたあげく、かわりばえのしない次の一軒へ移動中か、またはこれ以上金をかけずに得られる楽しいことがないか物色中といったところだった。

十字路にさしかかる以前から、西聡一は何組もの若者の集団とすれ違い、背後からそれらと見分けのつかない若者の集団に追い越された。羊飼いのいない羊の群れのなかに迷いこんだようなものだった。

若者たちからは異様な活気が感じ取れた。仲間どうしの会話も、携帯電話にむかって喋りつづける声も、西聡一の耳にとどく若い声はみな適度を欠いて大きく、周囲への気がねというものが忘れ去られていた。傍若無人の光景といってよかった。

急に冷えこんだ夜だったので、毛糸の帽子や、マフラーや、厚手のコートに身をつつんだ姿が目立ち、そのどれもが目をひく鮮やかな色柄だった。通勤用のダスターコートを着用している人間はその時刻、その場所に西聡一以外にいなかった。

しかし若い人間の誰ひとり、着古しのくすんだ色のコートを着たよそ者には関心を払わなかった。例外として、膝下まであるダウンの防寒コートに身をかためた中国式だか台湾式だかのマッサージの呼び込みの女性が二三、声をかけてきたけれど、いずれも彼が首を振ってみせるとおとなしく退《ひ》きさがった。

センニチ通り、と地元の人間に呼び慣わされている小路をめざして彼は歩いていた。目印の交番を左に見ながら目抜き通りをまっすぐ数十メートル行くと、左手に小路が二本口をあけていて、手前がニチレイ通り、もう一本先がセンニチ通り、とさっきスコッチの水割りを二杯飲んだ店で教えられていたし、たったいまその交番の前を通ったので、もう道に迷いようもなかった。

ちなみにセンニチ通りの通称は、大昔に小路の入口に大映千日劇場という映画館が建っていた事実に由来していた。ニチレイ通りのほうは、日本冷蔵という社名の短縮形から来ていた。その会社の氷を貯蔵する倉庫が通りのどこかにあったという話なのだが、むろん彼はそんないわれは知らなかったし、知る必要もなかった。地元の若い人間でもそんな古いことは気にかけなかった。

水割りを飲んではいたが彼は素面《しらふ》同然だった。

旅先でいつもと違うことがしたい気分と、初めて入った店でのよそ者なりの緊張と見栄から、飲み慣れないスコッチを頼んではみたものの、二杯ではかえって物足りないくらいだった。いつもの土曜日なら自宅でテレビでも見ながら焼酎の水割りを飲み続けているはずで、もう二三杯飲まないことには飲んだ気がしなかった。

とにかくセンニチ通りへ行き、手ごろな店でもうすこし飲もうと彼は思った。やみくもにその辺を歩きまわるより、腰を落ち着けて、もういちど地元の人間に話を聞いたほうが賢明だった。そしてあとはそのセンニチ通りが、いま目の前の十字路を埋め尽くし、なにやら野次を飛ばしたり、両手を叩き合わせて哄笑している若者たちによって踏み荒らされていないことを祈るしかなかった。

しばらく行くと人垣の中から罵り声が聞こえた。

謝れよ、謝ればすむことだろ、土下座して謝れよ、と一方的に難詰する声がねちねち耳についた。

厳密には、ひとりの若者対ひとつの集団の言い争いだったが、西聡一は知るよしもなかった。

数分前、ひとりの若者は煙草の火をつけるため持っていた荷物を女に託していた。そこへひとつの集団が通りかかり、小競り合いが始まったとき、女の姿はなかった。若者たちの輪から後ずさりし、難を逃れていた。あるいは西聡一は、通りの端で、紙包みを小脇にかかえたその女、おそらく仕事着に胸当て付きのエプロンをかけた女とすれ違ったのかもしれなかった。だがすれ違ったにしても、気には止めなかった。

喧嘩がはじまるな、と彼は思った。酔って言い争っているうちに自制がきかなくなり、暴力沙汰に発展するのは会社の忘年会でも見たことがあったし、もう見たくはなかった。

旅先でまで見たくはなかった。彼は足を早めた。

突然どよめきが起きたのでどちらかが手を出したのがわかった。

はじまった、と彼は思い、それからさらに一歩か二歩、進んだところで歩くのをやめた。

背後で頂点に達したどよめきが引波のようにすっと遠ざかったからだった。

ぷつぷつと泡がはじけるように最後まで残った人声までが途絶え、束の間、あたりを沈黙が支配した。

ダスターコートのポケットに両手を入れたまま彼は振り返った。

幾重にもなった人垣を見た。

それから遠目に、先刻通り過ぎた交番を視野に入れた。

開いた戸口のむこうに煌々とひかる照明がうかがえるだけで、警察官の姿はひとりも見えなかった。もぬけのから、と古い言い回しを思いついたほど、派出所内は無人だった。

そのとき銃声が轟き渡った。

一発目は、彼のすぐ脇にいた女性の目撃証言によれば、空にむけて発射された。銃声を聞く直前、もしくは聞いた直後、ひとりの男が片手を高くさしあげるのを見たように彼女は思い、そのせいでとっさに打ち上げ花火のようなものを想像して、人だかりの真上の夜空へ顎をそらした。

しかし弾丸は実際には、標的にされた青年の左耳のまさに一ミリ外側を飛び、その背後で身をすくめていた仲間たちの頭上を奇跡的に通り抜けて、十字路の角に立つアカシアの幹にめり込んでいた。続いて二発目が放たれる前に、二秒か三秒の空白があり、それは拳銃をかまえ直すために取られた時間だったのだが、そのあいだに人だかりの輪は何が起きようとしているのか察知し、外へむかってくずれはじめた。

ふたたび狙いを定められた青年は左耳にできた火傷のあとを手で押さえ、大声をあげながら身をひるがえそうとしていた。容赦なく発射された弾丸は一発目とそっくりの弾道を描き、こんどはアカシアの幹の樹皮を抉り取ったのち、カフェの窓硝子を貫通し亀裂を作った。

三発目はなかった。

西聡一は立ち止まった場所を動かず、十字路にたかっていた群衆が四方向へ必死に逃げ惑う様子を見守った。とうぜん自分のほうへ走って来る若者たちもいた。悲鳴をあげる者も、足をもつれさせて転ぶ者も、泣き顔になった者もいた。彼はその全員をやり過ごし、おなじ場所に立ちつくしていた。

すべてはほんの一分、長くても二分程度の出来事だった。その二分が過ぎると、足音も人影も絶え、いっとき静寂が降りた。見渡すと十字路付近だけでなく、目抜き通り全体からすっかり人がはけていた。拳銃を発砲した人間も姿をくらましていた。

マスゲームが終わって学生たちが一斉に土煙をあげながら退場したあとのグラウンドを眺めるような、すがすがしい思いを、わずかにだが彼はおぼえた。だが頭の大半は、いまここでなにが起きたのか整理できない茫然自失の思いで占められていた。

ふいに彼は首をまわし、隣に立つ若い女性と目を合わせた。

その女性の両腕がハンドバッグごと自分の左腕に巻きついていることに気づいたのだった。黒いコートの襟元からのぞく、タートルネックの深紅が印象的だった。

「ああ、すみません」と彼女が言った。息があがり、声は掠れていたが、彼と目が合ったことで意識がしっかりした模様だった。「ほんとにすみません、あたし」

「どうしました」と彼はいちど唾を吞みこんでから言った。

「怖くて。こんな怖いめにあったの初めてで」

怖がっているのは彼女ひとりではなかった。

同意のしるしに大きくうなずいたあと、曖昧な既視感に彼はとらえられた。

これは見たことがあった。

怖がる女も、その女に寄り添う自分自身の姿も、見たことがあった。昔どこかで、いちど潜《くぐ》りぬけた体験だった。

生きた心地がしなかった、まだ心臓がどきどきしていると訴える女に、こちらも同様だと告白した、たまたまおなじ場所に居合わせた女と、まだ名前も聞いていない女と、本音で言葉をかわした、そんなことが遠い昔にいちど確かにあった。しかしその確かにあった場面を具体的に、生々しく蘇らせることは急にはできなかった。

「ああ、はやく行かないと」彼女が焦った口調になった。「警察が来る」

交番のほうへ目をむけると赤色灯を屋根につけた車が一台停車していた。

その車に気づいたとたんサイレンの音が耳につきだした。腕をからめたまま彼女が歩き出したので、ダスターコートのポケットに手をもぐらせていた彼はよろけた。

ごめんなさい、とまた彼女が謝って腕とバッグを引きはがそうともがいた。サイレンの音が一気に高まって来た。一台や二台ではきかない数の警察車両が雄叫びをあげながら迫っていた。

ふたりの腕がようやく離れたとき、周囲に靴音が乱れた。複数のブレーキ音が重なり車のドアが立て続けに開いた。

止まりなさい、と拡声器を通して野太い声が一喝した。

ふたりは歩くのをやめた。駆け出す寸前だったので、つんのめるような止まり方になった。制服と私服と入り交じった警察官たちが行く手をふさいでいた。どうして？　と彼女はかぼそい声を出して、そばにいた男の腕に再度すがりついた。

2

同日同時刻、私はなじみのバーにいた。

繁華街のどまんなかから少しはずれた地点にその店はあった。

イラスト入りの観光マップでいえば、十字路からたぶん三センチほど離れた距離だった。

通常なら七人、椅子を詰めれば八人すわれるカウンター席があり、店の扉からいちばん遠い椅子に私は腰かけていた。

扉の近くに数人で囲める丸テーブルが用意されていたが、そちらに客はいなかった。あんまり若い者の出入りする店ではないので、その晩は暇だった。

私の前にはジンライムのグラスと、ナッツを盛った小皿と、煙草とその上に重ねたマッチと、あと、いつ鳴り出してもおかしくない携帯電話があった。

椅子にすわって一時間ほど経っていたが、ジンライムはまだ二杯目だった。グラスを浅く傾けて舐める飲み方をしていたので二杯目も八分目以上余っていた。

私の右隣は空席で、もうひとつ右の椅子に三十歳前後の滑舌のよい男がいた。その右隣には同年代の連れの女がいた。

男は何年か前にこの街の支局に赴任してきたという全国紙の記者らしく、つまりはよそ者だった。連れの女は何者なのかわからなかった。同僚なのか、ガールフレンドなのか、他社の支局員なのか、男とちがい無口なので見当がつきかねた。このカップルは煙草は吸わず、おのおの異なる色のカクテルを飲んでいた。

それから私とは反対側の端、店の出入口に近い椅子でもうひとり、三十代の寡黙な男がロックグラスを傾けていた。やはり煙草は吸わなかったが、彼は地元の人間だった。最後にこれも三十代の店主がカウンターをはさんで立ち、舌のなめらかな記者の相手をつとめていた。

店主の片手には、いましがたここでシーバスリーガルの水割りを飲んでいった客の名刺が握られていた。なにか情報があったら知らせてほしいと預けられた名刺で、裏に宿泊先の電話番号か本人の携帯の番号が記されているはずだった。

ダンスホールで働いている女性を探しているのだと、東京からの客は水割りを二杯飲むあいだに店主に語った。彼は私から四つ離れた椅子にかけていた。記者の連れの女の右隣だった。その時間店内には女性ボーカルの曲が流れていて、私の位置から手の届くところに置かれたＣＤケースによればＲＩＨＡＮＮＡのアルバムらしかったが、耳障りにならない程度の適度な音量だったので、話し声はカウンター席の客全員に聞き取れた。

このへんにダンスホールがあるなんて聞いたことないと、店主より先に記者が口をひらいた。

「きみは聞いたことある？」と記者に問われた連れの女が「ないわね」と答えた。

記者が続けて、そんな時代がかった代物、この町にはないんじゃないかなと言った。

「そうですか。でも、ダンスホールで働いてると聞いたんです」と東京からの客は言った。

どこで聞いたんですかと店主が問うと、探している女性の知り合いから、と客はすなおに答えた。知り合いはここことは別の町に住んでいるのだが、確かにそう聞いた。半年前、五月に、と客はつけくわえた。

「半年前か」記者が言った。「半年前にしても、なかったと思うな。僕がこっちに来た二年前にもなかった。それよりもっと大昔のことになると、僕にはわからないけど。どうなんですかね？　そもそもダンスホールなんて洒落た建物が、この町に存在した時代があったんですかね」

この問いかけに店主が答えなかったのは、記者が私のほうへ顔を向けていたからだった。私は手にした携帯の待受画面を眺めて、振り向かなかった。

「ご迷惑よ」と女の声がたしなめた。

「まあ大昔はどうだったにしろ」記者はそっちへ向き直った。「いまはないと思うんですよ。その知り合いのひとが、ダンスホールの件を本人からじかに聞いたのか、どこかで風の噂を耳にしたのか、どうなんだろう？　そこのところは。あとね、あなたが知り合いのひとに会って話を聞いたとき、つまり半年前の時点で、ダンスホールで働いているという話は現在のものだったのか、すでに過去のものだったのか、そこははっきりしてるんですか？」

相手は返答に窮した模様だった。はっきりした答えが見つからなかったのか、それとも、うるさく質問されて答える気をなくしたのかのどちらかだった。あるいはＲＩＨＡＮＮＡの歌声が耳に止まっていたのかもしれなかった。記者がさらに続けた。

「もし過去に属する話なら、もっとこの辺のことに詳しいひとに聞いてみたらどうです？　近くにセンニチ通りという飲屋街があるんですよ。そこは古くからやってる店が何軒か残っているし、夜の街のぬしみたいなママさんがいたりするから、どこかでヒントになる話が聞けるかもしれない」

その客が帰ってすぐ、ちょっと貸してくださいと記者は言い、店主が預かった名刺を手に取った。

「大手町か、こんな会社に勤めている人間が、ダンスホールの女といったい何のつながりがあるんだろう」

連れの女は相槌を打たなかった。記者はいったん席を立ち、私の背後を通って奥のトイレに消えた。戻って来るとまた喋った。

「さっきのひと、社交ダンスをやるようには見えなかったけど、でも、人は見かけによらないからな。ダンスホールっていえば、東京だと、何十年も営業しているような老舗もあるんですよ。まあ、東京だから続いてるんだろうけど。そこには専属のホストや、ホステス、と呼んでいいのかな、お客さんの指名を受けて、踊りの相手をつとめる社交ダンスの先生みたいな人たちがいるんですね。で、何曲か踊ったあと、お客さんと一緒にテーブルで休んでカクテルを飲んだりする。ダンスホールで働いてる女って、つまりはそういう店所属の踊り手のことだと思うんだけど」

「くわしいのね」と女が合いの手を入れた。おざなりの口調だった。

「実は大学の先輩に、日比谷のダンスホールでボーイをしてたという人がいて、以前、そんな話を聞いたことがあるんだよ。べつに、僕自身が社交ダンスをやってたわけじゃなくてね。もう一杯、これとおなじものを」

「あたしはそろそろ。お勘定してください」

「もう一杯くらいつきあってよ。まだ九時じゃないか」

「だめ。明日早いし、もうタクシー呼んじゃったし」

「いつのまに呼んだの？」

店の扉がひらき、タクシーの運転手が顔をのぞかせた。

自分の飲み代を支払った女が椅子から降りた。彼女がいつタクシーを呼んだかは、トイレに立った記者以外の全員が知っていた。

こうして店内に独り飲みの男が三人残った。

記者はカクテルに用いるリキュールのことでさかんに店主に話しかけていた。店主のほうは聞いているのかいないのか無言だった。もうひとりの男も一言も喋らなかった。私は携帯をいじるのに飽き、かわりに手を伸ばしてCDのケースを引き寄せてアルバムのタイトルらしき横文字に目を凝らした。英単語が四つ並んでいるようだったが、文字が小さすぎて裸眼で読み取るのは無理だった。

進みませんね、と店主の声がして、顔をあげると、彼は私のジンライムを見ていた。

何か腹に入れたほうがよくないですか、スパゲティでも茹《ゆ》でましょうか？　と彼は言った。本気でスパゲティを勧めているのか、それともキッチンで一服する口実を探しているのか見定めがつかなかった。ハムと胡瓜《きゅうり》のサンドイッチができるかと私は訊ねてみた。店主がうなずいてキッチンに入った。

するとを間おかず記者が私に話しかけてきた。

まず私のフルネームをさん付けで呼び、一拍置いて、ですよね？　と言い足した。

「先日、お電話さしあげたばかりなんですよ、出版社のほうへ。随筆の執筆依頼だったんですが、でも担当のかたに断られました。連絡がつかないと言われました。先生は現在病気療養中だそうで」

私はCDケースをもとの位置に立て掛けた。

「おからだの具合はいかがですか」

ご迷惑よ、とさっきの女がいたら言ってくれただろうと私は思った。

「すいません、別に酔って絡んでるわけではないんです。お酒を飲んでおられるのを見てびっくりしたんですよ。びっくりというか、安心したんです。もっとお加減悪くて入院でもされているのかと想像してたので。ほんとに、こんなところでおめにかかれるとは思いもしなかった。さっきの女性に連れて来られたんですけどね、地元のバンドのコンサートを見た帰りに。来て良かったです。初めて来た店で、連絡を取りたいと思ってたひとに直接会えるなんて、これも何かのご縁ですね」

喋りながら記者が上着の内ポケットを探り、名刺を取り出そうとした。確かに酔って絡んでいるふうには見えなかった。

「連絡先を教えてください。執筆を再開されたのならぜひ随筆をお願いしたいと思います。新年の特集面に。内容は自由でいいんです、この町に関することであれば何でも。たとえば古い時代の話とか、この十年、二十年の町の変遷とか。出版社経由の原稿依頼だとどうもまどろっこしくて。ああ、その携帯の番号を教えてください、それでいまこちらからかけますから、その番号をそちらにも登録して貰って」

そのとき着信音が鳴った。私の携帯ではなかった。

出入口近くの席の男が電話に出た。彼はほとんど喋らずに電話を終えた。ものの十秒とかからなかった。

携帯をしまうと彼はこちらへ顔を向けた。私と記者を見たのではなく、暖簾《のれん》で仕切られたキッチンへ目をやり、店主に声をかけるかどうか迷ったふうだった。

まもなく彼は紙幣を一枚カウンターに置くと椅子を立ち、黙って店を出て行った。扉の開け閉めの音に気づかないはずはなかったが、サンドイッチを作っている店主はキッチンを動かなかった。

閉まった扉のほうを見ていた記者が振り返り、「知ってますか」と私に言った。何を訊かれているのかわからないので答えようがなかった。記者が名刺を渡すついでに私のほうへ身を乗り出し、ほんの少し声を低めた。

「いま出てった男、著名人ですよ、この町の」

私は受けとった名刺をカウンターの上に置いた。

それから煙草を取り出してくわえ、マッチを擦った。

「知る人ぞ知るという人物。若いひとのあいだではきっと先生より名前が売れてます。今日のコンサートだってあの男の力で開催に漕ぎ着けたという話なんです。さっき僕と一緒にいた女性、飲みはじめから居心地悪そうだったでしょう。気づきませんでしたか？　口数も少なかったし、ちょっとぴりぴりしてたと思いませんか。自分が連れてきた店に僕ひとり置いて帰るなんてよっぽどですよ。彼女、先生のことは知らなかったみたいだけど、ここに入って来た瞬間にあの男を見て、緊張したみたいです。それで無口になったんです。だって前に彼女から教えられたんですよ、表向きはイベント企画して協賛取りつけたり、町起こしに一役買ってるみたいな顔してるけど、裏ではやばい取引に手を染めてる、やばいと言えば想像つくでしょう。この町の裏側、あの男のせいでかなり悲惨な状況らしいです。金さえ出せば何だって買える。ほんとに、アマゾンで本を取り寄せるみたいに簡単に手に入るらしい」

話の途中で、記者の手がのびて名刺を裏返してくれた。私が見ていたのは英語で印刷された裏面だったとそれで気づいた。

「もちろん本人がポケットにやばいものを入れて、自分で売り捌《さば》いてるわけじゃないんですよ。そういう危ないまねはもっと若いやつらに任せてるんです。あの男の下で危ないまねを任されてる若いのがごまんといるはずだから。十年くらい前までは、あの男自身が、血の気の多い若者のひとりだったんです。当時のことは僕は何も知りません。もしかしたら、ひとの一人や二人殺したことがあるのかもしれないけど、それはわかりません。とにかく、血の気の多い若者の中からのしあがって、いまではスーツを粋に着こなして響《ひびき》のオンザロックなんか飲んでる」

さっきまで男がすわっていた席を私は眺めた。確かにウィスキーの銘柄は響で間違いなかった。

「まあ話は噂の域を出ませんけどね。真偽は定かじゃないですよ、たとえ真相を知り得たとしても、新聞の地方欄向きの記事じゃないでしょうしね。でも小説家なら書けるかもしれません。どうです？　取材して書いてみられたら。そのときは僕もできるかぎりご協力しますよ。その名刺に僕の携帯番号も載せてるので、いつでも連絡してくだされば。ああそうだ、随筆の件を忘れるところだった、先生の番号も教えて貰わないと」

私はシャツの胸ポケットにはさんでいた老眼鏡をかけて携帯を操作し、番号を表示させて記者に見せた。月末か来月初めには料金未納で通じなくなる予定だったし、そうでなくても近く処分するつもりでいたので、誰に教えたところで支障はなかった。相手は見た番号を自分の携帯に打ち込み、通話ボタンを押して私の携帯を鳴らそうとした。だが時間が足りなかった。そうする前に、相手の握っていた携帯は音をたてた。

発信元を確かめると記者はすぐに電話に出た。そのあいだの一秒か二秒かだけ、着信音に設定されたヒット曲らしきものが大音量で流れた。

ハナムラ、と記者は電話にむかって言った。ハイライトの横に置き直された名刺に私は目をやり、漢字で花村と書くのが彼の名字なのだとわかった。ええ、ええ、と答えて花村記者はしばらく相手の話に聞き入り、わかりました、わかりました、と返事を繰り返した。すぐ走ります、いまちょうど近辺にいます、と早口で続けた。

電話を終えると花村記者は私を見て、何か言いたげな顔をした。

しかし言わなかった。椅子を立ち、奥のキッチンへ声を張り上げ、それから急ぎ足で店を出て行った。ドアの開け閉めのあいだに外の通りからの雑音が流れ込んできた。警察車両のサイレンの音が混じっていた。

こうして客は私ひとりになった。

しばらくすると店の主が私の前に立った。

「なんだか慌ててましたね」

と言ってサンドイッチにパセリを添えた白い皿を置いた。

私はハムと胡瓜のサンドイッチを一切れつまみ、いかがです？　と味を訊かれたので、黙ってうなずいてみせた。いちど耳についたサイレンの音は止まなかった。店のドアが閉ざされたあとも微かに、執拗に鳴り続けているようだった。

「きみの同級生の話だ」と私は言った。

「聞こえてましたよ」と店主が答えた。

3

二日後、月曜日の午前十時、私の携帯に「戸野本晶《とのもとあきら》」という名前で登録している女性から電話がかかってきた。

そのとき私はＪＲ駅構内のパン屋にいた。

空のリュックを背負い、レジ待ちの列に並んだところだった。

3個のパンとそれらを挟むために使ったトングを載せた盆を左手に持ち、右手は上着のポケットに潜らせていた。

ポケットの中には五百円玉と五十円玉と五円玉が各一枚、百円玉と十円玉と一円玉が二枚ずつ入っていた。自宅を出るまえに二回数えて入れたので、まちがいなく入っているはずだった。

右手の指で六種類九枚のコインを一枚一枚つまんでいるとカーゴパンツの左側のポケットで携帯が振動した。最後の九枚目の一円玉を親指の腹で撫でてから、私はパンの載った盆を右手に持ち替え、電話に出た。

「あの、いま話せますか」と戸野本晶の声が遠慮がちに訊ね、私が答えずにいると、「できれば会って」と言い足した。

「いいよ。どこに行けばいい？」

「そこパン屋さんでしょう？　すぐ近くにいるんだけど。駅のはじっこの、コーヒー屋さんの前。競輪場に歩いていくほうの」

「わかった。パンを買ったらそっちへ行く」

「じゃあ中に入って待ってます」

電話を切って時刻を見ると十時を一分過ぎていた。

ＪＲ駅構内のパン屋に立ち寄るのがいつもその時刻だった。

毎朝おなじパン屋で、おなじパンを3個買い、袋ごとリュックに詰め、リュックを背負って競輪場まで歩くことにしていた。

ちなみにそのパン屋で、クロワッサンとライ麦パンのサンドイッチと餡パンを一個ずつ買うと、代金は消費税込み777円になった。朝から博打《ばくち》をしようという人間にとっては縁起の良い数字だった。レジスターの表示窓に三つ並ぶ数字を見るため私は連日おなじパンを買った。食べ飽きたパンは夕方競輪場のゴミ箱に捨てて帰った。ひとつも手をつけず袋のまま放り込むこともあった。

戸野本晶は壁際の隅っこの席でコーヒーを注文して待っていた。

私はテーブルをはさんで相手と向かいあった。

背中からはずしたリュックは右隣の椅子に、ポケットから取り出した携帯はテーブルの左端に置いた。

それから彼女が煙草を一本吸うのを黙って見ていた。

彼女はずっぴんだった。

仕事から帰宅して石鹼で化粧を洗い落として、そのまま手入れを怠って朝を迎えたらこうなるという印象の物憂い顔つきをしていた。眉毛のあるべきところに淡い名残りの隆起だけあった。

戸野本晶の化粧していない顔を見るのは初めてだったが、本人はその点について言い訳はしなかった。以前、小説の取材のため彼女には何回か話を聞いたことがあった。私が独り住まいになってからも、一二回外で会って話をした。その際、彼女は小説の進み具合を訊《たず》ねなかったし、私も触れなかった。

「おといから制服の警察官がめだつね」と私から話した。「特に駅のなかはうようよしてる」

戸野本晶が返事のかわりにうなずき、そこへ私のミルクティーが運ばれてきたので何やら言いかけた口を閉じた。

「きみの眼鏡をかけた顔は初めてだ」

私はどうでもいい話を続けた。彼女はすっぴんに黒縁眼鏡、フリース生地のパーカにジーンズという恰好だった。手ぶらでスカートを穿いていない彼女を見るのも初めてだった。

「ええ」と戸野本晶が気のない相槌で答えた。

「いつもなら寝てる時間だよね」と私からまた喋った。

「眠れなくて」

「クスリを飲めばいいのに」

「そうだけど、今朝は駅に用事もあったし」

「でもきみはまだ若いからな。一日くらい徹夜しても平気だろう」

「ちょっと聞いてもらいたい話があるんです」

「うん」

「さっき、ある人を駅まで見送りに来て、帰りがけに偶然、先生がパン屋さんに入って行くとこを見かけたの。どうしようか迷ったんだけど」

「見かけたなら、直接声をかけてくれればいいのに」

「迷ったと言ってるでしょう。きょうはもうクスリ飲んで寝るつもりだったし、電話をかけて話すにしても、また日をあらためてでもいいわけだし。声をかけそびれて、迷いながらこっちまで歩いてきて」

「この店の前まで」

「やっぱり、こういう偶然は逃しちゃだめだと思って」

「そうだね」

「偶然を逃すと後悔の種になるような気がしたの。後悔の種がふえるとまた眠れなくなる」

「そうだね」

「話を聞いてもらうというより、ひとつお願いがあるんです。複雑な話で、説明が難しいんだけど」

「うん」

「聞いてもらえる？」

「そのつもりだけど」

隣の椅子の背に立て掛けたリュックの傾き加減が気になったので、私は手をのばしてまっすぐに直した。

「これから競輪場に行くんでしょう」

「行くよ。話を聞いたあとで」

「それ朝から晩まで背負って歩いてるの」

「この中にさっき買ったパンが入ってるんだよ」

「それは聞かなくてもわかるけど」

「きょうは天気がいいからね、むこうで紙コップのミルクコーヒーを買って、ホームストレッチ側のスタンドで日向ぼっこしながら食べる。だからここではミルクティーにした」

「競輪は昔からやってるんですか」

「昔って？」

「二十年前」

「どうして二十年まえなの」

彼女の着ているパーカの、フードの締まりを調節するための白い紐が左右二本、胸もとまで垂れ下がっていた。先端には結び目があった。結び目のかたちも、垂れた紐の長さも左右で大きく異なっていた。

「護国寺《ごこくじ》という名字の男性」と彼女が言った。「心当りがあります？　最初に訊きたいのは、二十年前、知り合いにそういう名字のひとがいたか、いなかったか」

　複雑な話がもう始まっているようだった。

　私は携帯を取ってひらいて見て、また折り畳んでもとに戻した。

　そこに登録されている知り合いの名前を探すためではなかった。時刻を確認するためでも、メールの受信を期待したのでもなかった。携帯に手を触れることに理由はなく、眉毛を指先で撫でたり、シャツの袖口を気にしたり、脚を組み替えたりするのとおなじだった。

「いたよ」と私は言い、またフード調節紐に目をむけ、左右の長さの違いを目測した。

「いまでもつきあいが続いてるの、そのひととは」

「いや」

「じゃあいまの連絡先はわからないということ？」

「ちょっと訊くけど」私はいったん話を逸らした。「その服を着て歩いててもきみは気にならない？」

「え？」

「その白い紐、左と右とで4センチも長さが違うだろ。いちども気になったことはない？」

彼女は顎をひきつけて二本の紐を確認した。そのあと怒った目つきで私を見返した。

「服装にケチをつけてるわけじゃないんだよ」

「わかってる。先生は病気よ」

「護国寺さんに連絡をつけたいのか。それが、さっききみの言ってたお願い？」

「ええそう。でも、連絡先はわからないのね？」

「それより質問の意図がよくわからないんだ。どうやら、僕が聞くつもりでいた話とはまったく方向が違うみたいで」

「そうなの？」

と自然に受けとめたあとで、戸野本晶は混乱した顔になった。

「あたしからどんな方向の話を聞くつもりだったの？」

テーブルの紅茶茶碗の手前に私は肘をついた。顔を俯《うつむ》かせ、左手の中指と薬指を使って眉毛を撫でた。左右それぞれ眉間からこめかみへむかって二回ずつ撫でつけた。それから正直に答えた。

「土曜日の騒ぎのほう」

「土曜日の騒ぎって、あの発砲事件のこと？」

「うん」

「なんで」

「さあ、なんでだろうな。さっき電話で会いたいと言われて、てっきりその話だと思い込んだ」

「小説家の直感？」

黙っていると、相手が質問を変えた。

「思い込んだって、どう？」

「あの騒ぎを起こした人物をきみが知ってる、とか、もしくはいま部屋に匿《かくま》ってるとか」

「ピストル持った男を？」

「男か女かは知らないけど」

「今朝のニュースで写真も名前も出てたでしょう。でも、もしそうだったとして、どうしてあたしがそんな秘密を先生にぺらぺら喋るわけ？」

「さあ。パン屋に入るとこを見かけて、この偶然を逃しちゃだめだと思ったからじゃないか？」

戸野本晶が眼鏡をはずし首を振った。

私はうなずいて、シャツの袖口に目をやった。上着の下からとび出している部分の左のほうが右よりも3センチも長かった。

「ただね、あの事件から始まってるの、この話。先生が直感した方向は、まちがってないとも言えるの。だからちょっとだけ驚いたんだけど」

私は顔をあげて戸野本晶と目を合わせた。

彼女は新しい煙草を唇のあいだにはさんで火を点《つ》けた。いちど煙を吐き、客のまばらな店内をざっと見渡してから、私の顔へ視線を戻した。

「吸う？」

「煙草なら持ってる」私はリュックのポケットを手で示した。

「吸わないの」

「一日に五本と決めてるんだ。午前中は一本だけ。午後から二本、夜になって二本。午前中の一本は競輪場のスタンドにすわって吸う。それまで我慢する。あの事件から始まってるの、この話ってどういう意味？」

「お好きなように」

彼女は煙草の話を切り上げ、私の質問をはぐらかした。

「それより、さっき言った護国寺さんの連絡先はわかるの、わからないの。そこをまずはっきりさせて」

「さっききみが言った護国寺さんと、僕が知ってる護国寺さんは同一人物なのかな」

「あたしが言ってるのは二十年前、競輪のノミ屋をやってた護国寺さんよ」

「二十年前きみは何歳だったの」

「はい？」

「競輪のノミ屋って、何のことか知ってて喋ってる？」

「知ってると思うけど」

「いま説明してみろ」

戸野本晶は煙草を消しながらまた首を振った。

苛立ちを表に出すまいと努めているため彼女の顔はもう無表情に近かった。目の下に疲労が青く溜まっているだけだった。

「本気で言ってるんですか」と彼女は訊いてきた。

「その護国寺さんの連絡先がわかったらどうなるんだよ」

「それは助かるけど」

「どんなふうに」

「助かるのはあたしじゃなくて、あたしの知り合い。でもあたしも気分的に救われる。連絡先を知ってるのね？」

私は上着から出ているシャツの袖口の長さを左右揃えた。それから脚を組み、またすぐに組み替えた。

「気分的に救われるってどういう意味」

「相手に親切にしてもらったから、こんどはあたしが親切にしてあげれば、それでチャラになって気が楽になる」

「その知り合いって誰？　男？」

「ええ、でも名前を言っても先生は知らない」

「知らないと言い切れる？」

「だってこっちのひとじゃないし、東京から来たひとだから。むこうも先生のことなんか知らない」

「東京から来たひとが、二十年前に競輪のノミ屋をやってた護国寺さんに連絡を取りたがってるわけか」

「そうよ」

「でもそのひとは護国寺さんのことを知ってるけど、僕のことは知らない」

「違う、どっちのことも知らない。そのひとはこの町に住んでる誰のことも知らない」

「じゃあなぜそのひとは護国寺さんを探してるんだろう」

「そのひとはほんとは護国寺さんを探してるわけじゃないの」

私はまた脚を組み替え、しばらく迷い、リュックのポケットから煙草を取り出して口にくわえて火を点けた。そしてこう言った。

「苛々してきた」

「あたしも」と彼女が言った。「だから説明が難しいって最初に言ったでしょう」

私は煙草を一本吸うあいだ喋らなかった。

心を落ち着けてみると、筋書きはあるていどまで想像がついた。

この話はあの事件から始まっていると言うのだから、彼女がその男と知り合ったのは土曜日の夜と考えてまちがいなかった。土曜日の夜にどうやって知り合いになったかは訊ねるまでもなかった。東京から来た男とコールガールが知り合う理由はひとつしかなかった。あるいは土曜日と日曜日の二晩、彼女はその客と一緒に過ごしたのかもしれないと私は推理した。そして今朝、東京へ帰る客をＪＲの駅まで見送りに来たのかもしれなかった。

私は店の人間に合図してコーヒーを頼み、冷めたミルクティーをさげてもらった。さげてもらうとき気づいたのだが、そんなものは最初から飲みたくなかった。

「てみじかに話してくれないか」と私は戸野本晶に言った。

「ちゃんと説明したら、連絡先を教えてくれます？」と戸野本晶が言った。

私はうなずいて、また目的もなく携帯に手をのばした。

連絡を取りたいのなら早くしないと、きみの護国寺さんは市民病院のベッドで息を引き取るかもしれないと心の中で思った。

昔の仲間から、とうとう死んだよ、といまにも電話がかかってくるかもしれなかった。

4

二日前の土曜日、午後九時過ぎ、西聡一は冷静だった。

隣の女のあわてぶりとは好対照だった。

ふたりを取り巻いた警察官たちの目には胆のすわった男と映ったかもしれなかった。

あるいは単に、後ろ暗いところのない模範的市民として映ったのかもしれなかった。

こいつは拳銃をぶっ放したりする人間ではないし、ポケットを調べても乾燥大麻すら出てこないだろうと、犯罪者慣れした警察官は一目で見切ったのかもしれなかった。

じつのところ西聡一に疚《やま》しいことはなかった。東京から二泊三日の予定でやってきた旅行の、土曜日は最初の晩にすぎなかった。隣にいるのがコールガールだと知っていれば話は別だったろうが、知らなかったので、じたばたする理由がなかった。

おまけに彼の頭はなかば過去へ向いていた。

たったいま目撃した発砲事件の興奮がおさまったわけではなく、渦中にいながら、彼は十年以上昔の出来事を思い出さずにいられなかった。そのなかには、奇妙なことに、百人一首の記憶もふくまれていた。

怖くて生きた心地がしなかったと女が言い、怖かったのは自分もおなじだと答えた、いまとそっくりの状況に、状況の記憶に、ひさかたのひかりのどけき春の日にしづ心なく花のちるらむ、といった和歌がまじっていた。

既視感の尻尾を彼はつかまえていた。

それは彼自身と彼の妻がかつて体験した出来事だった。

ふたりは羽田発福岡行きの飛行機に乗り合わせたことがあった。機内で彼は百人一首を一首ずつ、妻に暗唱して聞かせた。これやこの行くも帰るも別れてはしるもしらぬも相坂の関、と彼が一本調子でよどみなく唱え、妻は黙って彼の口もとを見てその声を聞いていた。

そして百首の暗唱とそのフライトが無事に終わったあと、前述のやりとりがあった。あんなに怖い思いをしたのは初めてだと妻が言い、自分もおなじだと彼は答えた。

もっとも、それは結婚前の出来事だったので、正確には彼の妻は当時はまだ見ず知らずの女だった。また今年になって協議離婚が成立していたので、彼の妻はすでに妻ではなくなっていた。

発砲現場には立入禁止のロープが手際よく張りめぐらされた。

鑑識係の人間が黙々と作業にあたり、まもなく路上に落ちていた空の薬莢が2個発見された。その数は目撃者の証言による銃声と合致していた。

「拳銃が発砲される音を二度、聞いたのですね」と私服の警察官がやわらかな物腰で訊ねた。

「はい、そう思います」と西聡一は答えた。

「拳銃を持った人間を見ましたか」

「二度目の音のときに、見たと思います」

「顔を憶えていますか」

「いいえ。顔は見ていません」

「あなたは？」と警察官が隣の女に訊ねた。

「なんにも」と戸野本晶は首を振って答えた。

怯えている女を見て警察官は顎の先を上下させ、西聡一に向き直った。

「おふたりでこれからどちらへ」

彼らは現場に近い派出所の中にいた。人の出入りが多く、立ったままで事情を聞かれていた。

「センニチ通りへ」と西聡一は答えた。「今日東京から着いたので、観光がてら」

「このひとも一緒に？」

西聡一は隣の女を気遣うような視線を向けた。戸野本晶は自分の爪先に視線を落としていた。

「ええ、そうです」

「この女性も一緒に、今日東京から着いたのかとうかがってるんですが」

もういちど西聡一は隣を見た。戸野本晶は口をひらかなかった。

「おふたりで観光にいらしたんですか」

「このひとに町を案内してもらってるんです」

隙だらけのこの回答をしばらく吟味したあと、皮肉っぽい口調で警察官が応じた。

「なるほど」

そこへ別の警察官によって有力な目撃者が連れて来られた。

一度目に発射された弾丸で左耳に軽い火傷を負った青年と、その取り巻きの友人たちだった。彼らはとうぜんながら拳銃を撃った男を見ていた。記憶している人相がまちまちであるにしても、間近に見ているはずだった。

さらにもうひとり、確かな目撃者がいるとの情報がもたらされた。こちらは二発目の弾丸で窓硝子に亀裂の入ったカフェの、真向かいにある居酒屋の従業員だった。二十代のその従業員は拳銃を手に現場から姿を消した男の顔を見ていた。背格好と服装まで記憶していた。

派出所内はいっそうごったがえした。

「こちらには御一泊ですか」

ふたりの相手をつとめていた警察官が出入口のほうへ場所を移し、話をしめにかかった。

「宿はどちらに」

「旅行は明日までの予定です」と西聡一は言い、繁華街近傍のホテル名を律儀に付け加えた。

「ではセンニチ通りは明日にして宿に戻られたらどうです。今夜はこのとおり、このへんは物騒ですから」

「ええ」

「こちらの女性も早めに送っていかれたほうが」

「そうしましょう」

それからおよそ二十分後、西聡一と戸野本晶のふたりはセンニチ通りに立ちならぶ酒場の一軒を訪ねた。

細かく言うと先導したのは戸野本晶のほうで、その店はカタカナ表記にすれば「ワーズ」、看板の文字を正しく記せば「WORDS」という名前の店だった。

そのまえに、派出所での聴取から解放されたふたりはまず、西聡一の宿泊先であるホテルへ向かって歩いた。

歩きながら戸野本晶はバッグから携帯を取り出して着信履歴を見た。おなじ番号が四つ五つ並んでいた。折り返しかけると、下っ端の予約担当ではなく、仲間うちで血のつながりのない複数の人間から「おかあさん」と呼ばれている女性が電話に出た。すでに発砲騒ぎの情報をつかんでいる模様だった。

いくつかの質問に、道ですれ違う警察官の目を気にして口ごもりつつ答えるうち、いささか長めの電話になった。寄り添って歩いてくれている西聡一の耳も気になった。

電話を終えたところで、車道をはさんで斜め向かいにホテルの建物と看板が見えてきた。人通りは少なかった。

「あたしのせいで、ご迷惑かけました」と戸野本晶はすこし先を歩く男に謝った。「あたしがのろまなせいで、あんな面倒に巻き込んでしまって」

西聡一は足を止め、通りの向こう側に駐車中のタクシーに目をやった。

「ここから、あの派出所を通らずにセンニチ通りへは行けるのかな」

「それは行けますけど」と戸野本晶は答えた。「いくらでも、道はあるけど」

「じゃあ」と西聡一が片手を挙げてみせた。

「でも、それは明日にするんじゃなかったの?」

「明日は福岡に泊まる予定なのでね」

「いまからなにしに行くんですか」

「ひとを探してるんだ」

「でもまだ、拳銃持った男がうろついてるかもしれないし」

西聡一の挙げた手に気づいてタクシーが方向転換して近づいてきた。

「ちょっと待って」と戸野本晶は言った。

「うん? ああ、そうか。きみはどこまで行くの。そんなに遠くないのならそっちへ回ってもいいけど」

タクシーがそばに停車し、開いたドアから西聡一が乗り込み、あとに戸野本晶が続いた。

そのときまで彼女にはふたつ選択の余地があった。

もしくは自分で勝手にふたつのうちどちらかの道を選ばなければと思い込んでいた。いいえ、あたしが送ります、おわびのしるしに、と言うべきか、それとも、あたしが案内します、と偶然の成り行きにしたがって申し出るべきなのか、ふたつのあいだを気持ちは揺れていた。

「どちらまで」と運転手が言い、西聡一が戸野本晶のほうを見た。

「そのひとはどこのお店で働いてるんですか」

「さあ、わからない」

「わからないって。じゃあどうやって探すの」

「それもわからないよ。今日こっちに着いたばかりだし、とにかくそこへ行ってみないと。運転手さん、このへんにダンスホールがあるのを知りませんか」

「知りませんね」

「だったら、昔あったダンスホールのことは」

運転席からの返事はなかった。

「センニチ通りへ」と戸野本晶が言った。

するとタクシーの運転手はうなずいて、ワンメーターの距離をとくに嫌がりもせず、ふたりをそこへ運んでくれた。

ワーズの店主は六十一歳になる女性だった。

この話から一年後、治療のほどこしようのない癌が膀胱に見つかり、夏の終わりに他界したが、当時はすこぶる元気だった。

自分ひとりでは若い客を呼べないというので、孫のような年頃のアルバイトを三四人、日払いの給金で雇っていた。毎日二人ずつ出勤するよう複雑なローテーションを組んであったが、めったに守られなかった。当夜は二人とも休んでいた。ひとりは昼間の野外コンサートに出かけて会場でビールを飲みすぎたと電話で言ってきた。もうひとりは無断欠勤だった。

戸野本晶がこの店に西聡一を案内した理由はひとつ、ほかを知らないからだった。彼女は八ヶ月前によその土地からこっちへ流れてきて、そのとき頼った男に紹介されたのが縁で、店主とは顔なじみだった。事務所から言われれば観光客がひとり飲んでいる様々な場所に出向くこともあったけれど、それはそのときかぎりで店の人間とのつきあいは生まれなかった。ちなみに八ヶ月前頼った男はもうこの町にはいなかった。

ワーズの店主はむろん昔のダンスホールのことを知っていた。

ひと昔前までは「日光」という名のダンスホールが近所で営業していたし、もっと時代をさかのぼれば「エデン」というダンスホールもあり、そちらにはまだ二十代だった彼女自身よく通っていた事実も判明した。

「大越《おおこし》よしえ、という名前のひとを探してるんです」西聡一は新たな情報を口にした。「結婚前の名字が大越。知りませんか」

「知らない」

と笑顔の店主が答えた。

笑顔になったのは、カウンターをはさんで客と向かい合って話すことじたい嬉しいのだった。東京から来て、飲むまえに名刺を差し出して、自然に敬語が使えるような男が相手であればなおさらだった。

彼女は背が低く、いくぶん肥満体で、春夏秋冬ふわふわした印象のドレスに身をつつんでいた。背中のジッパーで止めるのではなく、首からすっぽり被ったような着こなしに客の目に映った。夏にはそのドレスから肌の色の白い、短い腕がのぞいた。

両肘をカウンターについて、上体を前傾させ、左右の手の指を組み合わせて客と話をした。ときにはてのひらを子供のお遊戯の花の形にひらいて、そこに顎をのせて、話を聴いた。慣れた客が相手なら、片肘だけつくこともあった。それも長年の習慣なので彼女の肘は右も左も皮膚が黒ずんでいた。

　肘をつかないほうの腕は、カウンターの上にごろんと転がして休められ、指先で烏龍茶だか麦茶だかの入ったグラスをいじっていた。髪を背中まで長くのばしていた若い頃から、彼女はアルコールは口にしなかった。額の真ん中で分けて、会話の途中で垂れてじゃまになると耳にかけるのが癖だった頃から、高い酒を飲んで酔っぱらうのは客にまかせていた。

「聡一って、お客さん長男？」

「そうです」

「聡一は長男のくせに、って親に叱られた？」

「長男のくせに？」

「あたしの兄は言われてた。長男のくせに、ちっとも頼りにならない。昭一は、昭一って兄の名前ね、もう死んじゃったけど、十年前に胃癌で。昭一は長男のくせに、家の手伝いも、勉強もしないで、鳩の心配ばかりしてる。親より鳩の心配する長男がどこにいるの、妹の手本になるようにちゃんとしなさい」

「鳩の心配て？」これは脇から戸野本品が訊ねた。

「伝書バトを飼ってたの、子供の頃」

「うちは妹はいないんです。長男といっても、上に姉がふたり」

「ねえ、もっとくわしい情報を教えて」

店主の言葉はおざなりではなかった。物語を欲しがる子供とおなじで目が見開かれ、付け睫毛によって純朴さがかえって強調されているようで、声まではしゃいでいたので本心だとわかった。

「ご覧のとおり店は暇だし、ゆっくり相手してあげるから。面白そうじゃないの、その大越よしえさん、年はいくつくらいなの。だいたいお客さんとはどんないきさつ？　尾崎豊が歌ってるみたいなせつない感じ？」

「尾崎豊が歌ってるみたいってなんですか」これも戸野本晶が訊ねた。

「『ダンスホール』よ」と店主が曲名を答え、低い声で、呟くように一二小節歌って聞かせた。「♪あたい、ぐれはじめたのは……ほんのささいなことなの」

「その歌は僕は知りませんけど」

西聡一はあんまり乗り気ではなかった。

「僕が探してるのは、若いひとじゃないんですよ。この町のダンスホールで働いて、いったん東京に出て結婚して、またこっちに戻って来たひとなんです。それに大越よしえさんと僕のあいだには、せつないいきさつは何もないです」

「でも聞いてるうちに思い出すかもしれないじゃないの、ああ、あのよしえちゃんのことかって」

「よしえという名前に心あたりがあるんですか」

「ううん、いまのとこない。でもよしえって名前は、そのひとの本名なんでしょう？　だったらあたしが別の名前で知ってる娘かもしれない。うちみたいな店でもダンスホールでもおなじだと思うけど、ほら、本名で勤める娘はあんまりいないじゃない」

西聡一はなにやら記憶をたどる目つきになり、ついで腑に落ちた顔つきになった。

それから飲んでいたJ＆Bの水割りを空にした。

それがまだ一杯目だった。頼みもしないのに店主が二杯目をつくり、片手でおしぼりをつかんでコースターをとんとんと二回雑に押さえてから、それも彼女の癖なのだが、グラスを載せた。

彼は二杯目をひとくち飲んで、くわしい事情を語りはじめた。

5

およそ六ヶ月前、五月初旬、西聡一は長らく別居していた妻と正式に離婚した。

すべては黄金週間中にばたばたと決まった。

ふたりでローンを組んで購入した一戸建てに、西聡一は妻が出ていったあともひとりで住んでいたのだが、ある日の午後、ひさしぶりにその家の玄関に妻が姿を見せた。

彼女は別々の封筒に入れた離婚届を二枚持参していた。

一枚はむろん彼ら夫婦のためのもので、あらかじめ妻の記入すべき欄は埋められており、あとは夫が空欄に署名・捺印すればよかった。

実質、とっくの昔に夫婦ではなくなっていたし、戸籍上もそうなるのが自然だと西聡一は考えていたから、妻が積極的に動いてくれたのは有り難かった。事務手続きを面倒くさがってほったらかしにしている弱味が彼のほうに、なきにしもあらずだった。

おまけに、ふたりで購入した家の処分に関しても妻は手をうっていた。掛け合うべきところへ自分で掛け合い、すでに売却先を見つけてその書面も用意していた。彼はそっちの問題も文句を言わず妻に従うことにした。

しかし妻が持参した離婚届はもう一枚あった。

そちらの用紙には見知らぬ男の署名・捺印があり、その離婚相手の欄は空白のままだった。西聡一にはおおよその見当がついた。そちらに記入済みの名前は家を出たあと妻が同居している男のものに違いなかった。自分たちの離婚届にある妻の名前とおなじロイヤルブルーのインク、つまりおなじ万年筆を使って書かれていたし、ハンコの朱肉の色もおなじに見えた。

その男の存在を西聡一はかなり以前から知っていた。知ってはいたがどうするつもりもなかった。その男が独身か妻帯者かも深く考えたことがなかった。なぜそいつの離婚届を、いわば未完成の離婚届を妻が自分に見せたがるのかもわからなかった。

「これは？」と彼は念のため妻に訊ねた。

彼らはかつてふたりで暮らしていた家の台所の食卓で向かい合って話していた。部屋着の夫は無精髭をのばし、家を出てから若返った妻はよそいきのスーツ姿だった。その妻がくだけた口調でこう答えた。

「それに署名とハンコを貰って来てくれない？」

彼は首をかしげてものを言わず、折り目のついた用紙を元通りたたんで封筒に戻した。

「その離婚届を持って福岡まで行ってきてほしいの、連休中に。相手のひとはいま福岡に住んでるらしいから」

「お茶でもいれるか」と彼は妻に提案した。「コーヒーのほうがいいか？」

「連絡先もわかってるの。それに相手のひとは離婚をいやがって逃げてるわけじゃないの、自分から手続きをとるのが面倒でずるずる曖昧な状態をひきのばしてるだけ、あなたと一緒で。だからそれを届けてくれれば簡単に話は通じる。そのひととじかに会って、署名とハンコを貰って、帰ってくるだけ。ね？　たぶん半日で済むから、実家に顔を出してお母さんやお姉さんたちに会ってくればいいじゃないの、福岡はひさしぶりでしょう？」

彼は水道水を入れた薬缶《やかん》をコンロへ運び、しかしガスの火は点けずにテーブルの椅子に戻った。

「福岡に住んでるそのひとって、きみがいま同棲してる男の、奥さんのことか？」

「戸籍上のね。あたしたちの関係と似てるのよ」

「じゃあそいつが自分で会いに行けばいい、離婚届を持って」

「あなたみたいに連休の取れる仕事じゃないの。旅行のついで、という感じでいいのよ。逆に考えたらどう？　連休で実家に帰る途中で、そのひとに会って用事を済ませるだけ」

「実家に帰る予定はないんだ」彼は嫌みを言った。「ひとりで帰っても、姉たちにきみの悪口を聞かされるだけだからな」

「離婚の報告に帰れば？」

と切り返されて、彼はしばし黙った。

「あたしたちの離婚届を、お母さんとお姉さんたちに見せてくればいい。ご心配かけましたが、あの女とはちゃんとけじめをつけましたと話せばいいじゃないの。なんなら離婚届を仏壇に供えて、お父さんにも報告してくれば？」

「そうだな」と彼は言った。「報告はいずれしないとな」

「どっちにしてもあなたは報告に帰るのよ」

「でもその話とこの話はべつだ」彼はテーブルの二つの封筒に触れた。「この離婚届と、こっちの離婚届は別問題だ」

「おなじひとつの問題よ。ふたつはつながってるのよ。あなたと離婚しても、あのひとが離婚できなければ、あたしはあのひとと結婚できないでしょう」

知るか、と彼は思った。

「あのひとと結婚できないのなら、あたしはなにもあなたと急いで離婚する必要もないの。婚外子を産むくらいなら、あなたの子として出産して、手続きがすんだあとゆっくり離婚する。あなたには離婚後も養育費を支払って貰う」

「なんの話をしてるんだ？」

「わかるでしょう」

妻が椅子の上で姿勢を整えた。背筋をのばしてすわり直したのに、急にしおらしく見えた。

「いまがだいじなときなの」と彼女は言った。「来年一月一日が予定日だから」

翌々日の早朝、母親がいれてくれた緑茶を飲みながら彼は離婚の報告をした。福岡空港から羽田行きの便で帰るためには、一時間後にはもう実家を出なければならなかった。

七十歳になる母親は台所で朝食をつくっていた。二階に子供部屋の三つある建坪八十平米の木造家屋に母親はひとり暮らしで、いつもならフリーズドライの即席味噌汁ですませるところを、その朝は息子のために豆腐を半丁てのひらにのせて包丁を入れていた。

姉ちゃんたちにも伝えといて、と彼はそっちを見ないで言った。

お父さんには？　もう伝えたの？　と十年も前にこの世を去った夫のことを母親は言った。

うん、と彼は母親に合わせた。実のところ、昨夜遅くに実家に着いて仏壇に線香をあげたとき報告はすませていた。

昨夜遅くなったのは、とうぜんながら妻に託された任務を果たすのに手間取ったためだった。

昼過ぎに福岡に着いて、地下鉄とバスを乗り継いで、夕方までには教えられた住所にある建物を見つけ出していた。しかし帰宅した住人と話ができたのはとっぷり暮れてからのことだった。

マンションの一階出入口にあるインターホンで彼はその女性と話をした。東京の夫から電話連絡が行ってるはずなので、名乗りさえすれば話が通じるものと思っていた。ああ、あの件ね、ご苦労さま、と言って出入口のドアが解錠され、自分のほうからエレベーターで上っていく場面を想像していた。

しかし朝になって反省してみると、そんな離婚届の宅配便みたいなまねは常識ではありえなかった。ひとがそこまで簡単に、人生を左右する書類に署名したりハンコをついたりする場面はいまは想像できなかった。昨夜インターホン越しにその女性から不審者扱いされるまで、まったく話が通じないどころか大越よしえ本人でもないと知りショックをうける瞬間まで、彼は妻の「簡単に話は通じる」という言葉を信じこんでいた。

差し向かいの朝食の席で母親は、あの女と離婚したと聞いて正直ほっとした、せいせいした、まちがいを改めたんだから恥じることはないし、いつまでも悄気《しょげ》た顔してる理由はないよ、と息子に言葉をかけた。だいたい、はじめてこの家に連れてきたときから、あの女は言うことがまともじゃないと思っていた。あんたにも、この家にも、似合わないと一目でわかった。

「だれかちゃんとしたひとの紹介ならまだしも、飛行機に乗り合わせたくらいで、のぼせて結婚決めるなんて」と母親は言った。

それは事実だった。おなじ飛行機に乗り合わせたのがふたりの馴れ初め、という意味では正しかった。

「聡一はいいように操られてるって、お姉ちゃんたちも心配してた。共働きがあたりまえみたいな顔してるし、あれじゃ母さん、いつまでたっても内孫の顔見れないよって最初っから言ってた。お姉ちゃんたちが正しかったね。だいたい飛行機が落ちるとか落ちないとか、あんな呪いみたいなこと言う女、気味が悪い。飛行機はそんなに簡単に落ちたりしないのに。はじめて会ってあんな話聞かされたら、あたしだって空気にのまれてしまう」

それは事実ではなかった。「呪いみたいなこと」は彼の妻は一度も口にしなかった。気味の悪い予言は、実を言えば別の女性、彼が勤めている会社の、当時、上司だった男の妻の口から出たものだった。

しかしその話はこみいっていた。こみいった話が初対面で適確に伝わらず、母親の記憶はいまなお混乱しているのだった。

彼の妻は、そのときはまだ婚約者だったが、自分たちの馴れ初めを、彼の母親にとくべつに打ち明けたつもりだった。結果的に幸福をもたらしてくれたものとして、一種の笑い話として、母親にその当たらなかった予言の話を教えたのだった。むろん飛行機が落ちるとか落ちないとかいった物騒な予言が笑い話になることは、常識ではありえなかった。

「お姉ちゃんたちの意見ではね、初対面の席であの女が突飛なこと言い出したのは、あれはあたしを怖がらせておいて、飛行機に乗れなくするための作戦だったんだろうって。わかる？　結婚したあとで、姑にしょっちゅう東京に出て来られたら迷惑だろう？　それで予防線張ったのよ。飛行機に乗るのは怖いんだって、あたしを暗示にかけようとしてたのよ。まあ、これはいくらか笑い話なんだけど。でもとにかく気をつけないと、あの女の喋る言葉には裏があるから、そっちが本心だからって、いつもお姉ちゃんたちと話してた」

母親の誤解は二人の姉たちにほぼ正確に浸透していた。

そのことを知りながら、彼は長いあいだ訂正しなかった。いま思えばそれは彼の失敗なのかもしれなかった。しかしいまさら失敗を認めたところでどうなるものでもなく、妻のためになにかをする情熱を失ってすでにひさしかった。

離婚を決めた息子をなぐさめる目的の、たぶんそれが目的だったはずだが、母親のお喋りを聞きながら、彼は朝食をたいらげた。ご飯のうえに明太子をのせて海苔を巻いて口に入れ、豆腐の味噌汁を椀の底まですすった。

目的からずいぶん逸れたあたりで話にひと区切りつけると、息子のために二杯目の緑茶を湯のみに注ぎ、居間の掛時計を見上げて時間を気にしながら、ところであんた、将来こっちに戻って来るつもりはあるの？　という本題に母親は移った。


その日の夜、浦安の自宅に妻から電話がかかってきた。

「どうだった？」と彼女は訊いた。「サインとハンコ、ちゃんと貰って来てくれた？」

本心から知りたがっている模様だった。この質問に裏はないと判断して、彼はありのまま答えた。

「いや貰えなかった」

「どうして？　拒否されたの？」

「いやそういうことじゃない」

「どういうことよ。会いに行ったんでしょう？」

「行ったよ。教えられた住所を訪ねてみたけど、本人には会えなかった」

「どうして？」と繰り返したあとで妻は焦れた。「じゃあだれに会ってきたの」

「なんて言えばいいのかな」彼は表現に迷った。「ちょっと前までルームメイトだったひと？」

「男？」

「いや男じゃない。でも、だれなのかよくわからないんだ。そのひととも直接会ったわけじゃなくて、その」

「なに」

「インターホンで喋っただけだから」

「福岡まで行って、その元ルームメイトと、インターホンで喋って帰ってきたの？」

「まあ、そういうことだけど」

「それで本人はどこ行っちゃったの」

「もう福岡にいないらしい。連絡先も知らないってそのひとは言ってた。そこまで聞き出すのがやっとだった」

妻が電話口で深いため息をついた。

沈黙したままだと自分の役立たずぶりが際立つように思えたので、彼は口をひらいた。

「いちおう僕の名刺を置いてきた、郵便受けの中に。もし連絡先がわかったら教えてほしいと頼んできた。でも、彼女の居場所はそっちでどうにかしてつかめるんじゃないのか？旦那がその気になれば、妻の新しい住所くらいわかるはずだろ」

「ちょっと訊くけど」妻が暗い声を出した。「あたしがいまどこに住んでるか、あなた知ってる？　知らないでしょ住所なんか。こっちの携帯番号がそっちの携帯に登録されてるだけでしょ？　彼の場合もおなじよ」

だったらその彼に、携帯で新しい住所を聞き出すよう勧めたらどうだと言い返そうとして、彼はためらった。

電話が簡単につながって話がすむようなら、はじめからこんな突飛な頼み事は自分のところへ持ち込まれないのが道理だった。面倒を持ち込むにはそれなりの、やむにやまれぬ事情があるはずだった。そう考えなければ、飛行機のキャンセル待ちまでして、羽田・福岡間を伝書鳩みたいに往復する理由などもともとなかった。沈黙が長びいた。

「じゃあどうする」と彼は言った。

「そうね」と妻がつぶやいた。「しかたないわね」

「離婚は中止？」これは自分たちの離婚届の提出に触れたつもりだった。

「だって奥さんの居場所がわかるまでは動けないでしょ」

「ということは僕たちの離婚もひとまず中止？」

「なに言ってるのよ。そっちは決まりよ。あなたとは離婚するわよ。あたしの目の前で離婚届にサインもしたし、ハンコもついたじゃないの。ひとまず中止なんてあるわけない。なに呑気なこと言ってるのよ、いまさら」

「いやだって」

「あなた来月いっぱいでその家明け渡さなきゃいけないのよ。それまでに引っ越し先を見つけないと、住むとこなくなるわよ。離婚届は明日の朝、区役所がひらいたら提出するの。それからね、もう一枚のほうはそのまま保管しといて。とにかくこっちで相談してみるから。それでまた近いうち連絡します。いいわね？　言ったとおりにしてよ」

わかったと答えて受話器を置くしかなかった。

三日前に妻がまくしたてた婚外子うんぬんの台詞は、やはり本心から口にしたのではなかったのだと見なすべきだった。一日も早い離婚と再婚、それが彼女の、彼女のおなかの子のためにも見定めた目標であるのは疑いようがなかった。

こうして黄金週間明けの初日、彼は出勤時刻の遅れを勤め先に通知し、しかるのち余裕をもって区役所に立ち寄り離婚届を提出した。迷いはなかった。

その日から引っ越しの計画にもとりかかった。

それから半年、別れた妻とは一度も会わなかった。

電話で話す機会もなかった。

離婚届を提出した日、区役所を出るときメールで知らせて、すぐに返信が来たのを読んだおぼえはあったけれど、どんな言葉をおたがいやりとりしたかは半年後にはもう憶えていなかった。

梅雨入り前に、彼は通勤電車の沿線の駅に独身者用の質素な部屋を見つけて引っ越していた。

引っ越すさい新居に入りきれないものはぜんぶ処分した。

離婚が成立する以前の、自宅でひとり暮らしを続けている時期から不要なものはすでに見きわめていたので、決断は早かった。自宅の電話は真っ先に解約した。家具は二束三文で売り払った。棚や壁をふさいでいた置物、飾り物の類いはゴミに出した。寝具も衣類も食器も鍋も余分なのは捨てた。場所をとるブラウン管テレビは六畳間にふさわしい小型液晶に買い替えた。

あとはワイシャツの替えと冷蔵庫と使い慣れたグラスがあれば、とりあえず一日は過ぎた。ワイシャツは出社して働くため、グラスは帰宅して焼酎の水割りを飲むために必要だった。それは一軒家に住んでいても１ＤＫのアパート暮らしになってもおなじだった。おなじはずだと予想していたが、半年経ってみると実際おなじだった。

とくに自暴自棄に陥っているわけではなく、離婚を悔やんでいるのでもなく、孤独をやわらげるため酒を毎日飲むのでもなかった。晩酌は長年の習慣で、翌朝に持ち越さないていどの酒量を週日は守っていたし、就寝のさい目覚ましをかけるのも忘れなかった。あくまで堅気の生活だった。堅気の範囲内での、やや覇気に欠けた生活というべきだった。

西聡一には交際している女性さえいた。

話は前後し、やはりこみいっているのだが、その交際は彼が妻と別居中であった期間に始まっていた。彼女とは携帯メールで連絡を取り合い、月に一度くらいは週末に外で食事をして酒を飲むことがあった。

ただしそこまでの関係にすぎなかった。相手の女性も離婚経験者で、娘がひとりあり、アパートで一緒に暮らしているという話だった。彼女の話から、質素な間取りのアパートを彼は思い描いていた。おたがい部屋の行来はいちどもなく、まだ娘の顔も見たことがなかった。どちらかがというのではなく、両者ともに深入りを避けたがっている様子が見てとれた。彼の離婚を機に、自然と、関係に劇的変化が起きるかとふたりで期待していたが、それはなかった。どちらかが動かなければ、変化など起きるわけがなかった。

そうこうしているうち半年経った。

そこへ一本の電話がかかってきた。

例の福岡に住む元ルームメイトからの電話だった。

大越よしえの元ルームメイトは彼にこう語った。

こちらからわざわざ電話をかけて知らせる義理はないのだけれど、半年まえ郵便受けに置かれていた西さんの名刺がまだ手もとに残っていて、今日まで気になってしかたなかった。名刺のせいであたしはずっと困惑していた。さっさと破り捨てて忘れてしまおうと思いながらもできなかった。たとえ赤の他人でも、助けを求めに来たひとを無下に追い払ったのは良い気分がしなかった。自分本位な、心の冷たい人間になったようでいやだった。名刺を破り捨てれば、破り捨てて忘れようとしたという記憶を忘れられなくなるのがいやだった。インターホンで喋ったときの記憶では、西さんには、どうしても彼女に会わなければならない理由があるようだったし、名刺を見ると堅気の人間であることはまちがいないから、たぶん彼女のためにも、知っていることを伝えたほうがいいのかもしれないと思った。だから西さんに電話することに決めた。

「じゃあ大越よしえさんの住所を教えてもらえるんですか」と彼は訊ねた。

いいえそれは知らないから教えられないと相手は答えた。

くわしい住所は知らないけれど、先日、彼女が生まれ故郷に帰っているという情報を又聞きで入手した。又聞きといっても信頼できるひとを通しての情報だし、たぶん事実なのだろうとあたしはそのとき思った。ところがそれとは別に、つい最近あの町で彼女を見かけたという人物が現れた。今日会ってじかに話を聞いてきた。それでもうまちがいないと判断した。そのひとが言うには、彼女は市内循環のバスに乗っていた。夕暮れ時、繁華街近くのバス停で彼女はバスを降りていった。実年齢よりずっと若く、見かけは昔とちっとも変わらないということだった。着ているものは普段着ぽく、化粧も地味だった。すみれさんはこれから勤めに出るのだろう、とそのひとは想像した。あたしの想像では、彼女は昔の仕事場に舞い戻ったに違いなかった。こみいった理由があって実家との縁は切れているから、彼女があの町に帰る目的といえば、職場復帰のほかにないはずだった。

彼女の昔の職場とはダンスホールのことで、すみれは彼女の職業上の名前だった。

「ありがとうございます」貴重な情報にたいして彼はひとまず礼を述べた。

でもそんなことより、元ルームメイトならもっと近道できる情報を知らないはずはないと思ったので、かさねて訊ねた。

「もしよろしければ、大越よしえさんの、携帯電話の番号を教えていただけませんか」

いいえそれも知らないから教えられないと相手は答えた。

もちろん過去には知っていたし、いまだにこちらの携帯に大越よしえの登録名も残ってはいるのだが、それは古い番号だった。古い番号が彼女にはいくつもあった。携帯を持ってふつうに使いこなしているときと、おもに金銭面の理由から、あっさり手放して平然としているときが彼女にはあった。金銭面の理由とは要は、通話料引き落とし口座の残高が不足しがちという意味だった。携帯ありの時期となしの時期が頻繁に入れ替わった。あいまにプリペイド携帯を持っていることもあったので、こちらも混乱して、彼女の名前で登録してある番号がいま生きているかどうか、迷うような状況もしばしばあった。そういうときはとにかくその番号にかけてみるしかないのだが、そういうときにかぎって電話はつながらないのだった。あたしにとって、ひとことでいえば彼女はそういう人間だった。あてにならない人間だった。そしてあたしたちがルームメイトを解消した理由ももとをたどればそこにあった。

「なるほど。わかりました」と彼は言った。わかったのは大越よしえにこちらから連絡のつけようがないという一点だった。あてにならない人間、という酷評は、ここは聞き流すべきだと思った。「それでルームメイトを解消したあと、大越よしえさんのほうからそちらへは連絡がないわけですね？」

それは一度たりともなかった。

お金のからんだトラブルがあたしたちのあいだに未解決のまま横たわっているので、おそらくむこうから電話はかけづらいのかもしれなかった。でもそんな過去の金銭トラブルは、金額の多寡は関係ないと思うけれど幸い少額だし、あたしが諦めをつけて、彼女を許せばすむことだった。そうすれば大部分わだかまりはとけるはずだった。あたしはこの機会にそうしようと決めた。とは言っても、いろいろ忙しくて自分で旅行する暇などなく、だから彼女の居場所を教えて、西さんにあの町まで会いに行ってもらおうと考えた。西さんは彼女の行方を探しているのだから、それがいちばん良い方法だと思いついた。彼女に会って、彼女の旦那さんに頼まれたという用事をすませて、そのとき一緒にあたしからのメッセージを彼女に伝えてもらえるなら幸いだった。メッセージを携えてあの町に行くことを、約束してもらえたらそれで十分、あたしが今夜西さんに電話をかけた甲斐もあるというものだった。

「わかりました」と彼は言った。メッセンジャーの役目を快く引き受けた、という意味で言ったのではなかった。そこまでのつもりはなかった。「約束はできませんが、検討してみます。大越よしえさんの旦那さんのほうとも、相談してみます。わざわざ電話をありがとうございました」

よろしくお願いしますと相手が言ってその電話は切れた。

思わぬ長電話になったので彼はひとまず携帯を充電器につなぎ、それから別れた妻の番号にかけた。

「どうしたの、電話なんかかけてきて」ひどく物憂げな声が聞こえた。物憂げなうえに枯れた声だった。「ああでもよかった、電話で起こされなかったら、このまま寝ちゃって風邪ひくとこだった」

いま部屋にひとりかと彼は訊ねた。

「うん」そこで別れた妻は時計を見たらしかった。「あと一時間くらいで帰ってくると思うけど。さっきひとりでご飯食べて、後片づけ面倒だなと思ってるうちに、うとうとしてた」

順調なのかと彼はおなかの子のことを訊ねた。

「ええ順調よ」と別れた妻が答えた。

その返事を聞いて彼は切り出した。きみが同棲している男の、戸籍上の妻の居場所がつかめたと伝え、いま得たばかりの情報をかいつまんで説明した。

「やっぱり、そういうことなのね」と別れた妻は言った。

おなじ情報を別ルートから入手していたようだった。

「生まれ故郷に帰ってるらしいのはわかってるんだけど。福岡のもっと先のほうにある地方都市。地方都市といってもそこは海のそばの狭い町で、だからたまに目撃情報が奥さんの実家のほうに入って来て、その話を彼も電話で伝え聞いてはいるんだけど、でも奥さん本人がつかまらない。本人と連絡取れないんじゃいつまでたってもらちがあかない」

そこまで喋ると電話のむこうで、よっこらしょ、と独り言をつぶやくのが聞こえた。別れた妻は場所を変えてどこかに腰をおろした模様だった。

「彼の奥さん、いなくなる前、大きな借金作ってたのよ。彼のカードで贅沢な買物したり、現金借り出したり、好き放題。とにかく金銭面にはルーズだったらしいの。東京から逃げ出したあとも、いく先々でそういうことやらかして、居所なくなって生まれ故郷に舞い戻ったんじゃないの。借金取りから、だけじゃなくてね、自分の夫からも逃げてるつもりなのよ。彼のほうはお人好しだから、お金のいざこざは水に流す、なんて言ってる。自分名義の借金はぜんぶ自分が被ることにして、彼女には素直に離婚届に判押してもらうだけでいいとずっと言ってる。奥さんの実家にもそう伝えてある。あたしは腹立たしいけど、まあそれで縁が切れるならしかたないかと思う。でも本人には彼の意志が伝わってないんじゃない？　借金の件で追いかけられてるとでも思ってるんじゃない？　だから彼にはいちども連絡して来ないし、実家にも連絡しない。身内とはまた別件でいざこざがあるらしいから。もうね、そんな女が相手なら、あたしはいっそのことこっちで勝手に離婚届を書いて出しちゃえばいいと思うんだけど、でもそんな軽はずみなことやると、あとあと法律的に面倒な問題が持ち上がるかもしれないし、あの女だって臍を曲げるかもしれないって、あのひとは賛成しない。行き詰まり。打つ手なし。とにかく本人が逃げ回って出てこないんじゃ、どうしようもない。おなかの子はもう二ヶ月もしないうちに産まれてくる予定なのに」

しかしそれにしても、こちらの情報では、彼女がダンスホールで働いているのは確実なのだし、その場所を突き止めさえすれば、二ヶ月のあいだにまだ打つ手はあるんじゃないかと彼は言った。

「そうよね」と妻も言った。「やっぱり直接会って話をつけるしかないよね。むこうからは出て来ないいんだから、こっちから探して会いに行くしかない。いちど会うことができれば、簡単にかたがつく話だから。それはわかるんだけど、そう言ってくれるのは嬉しいんだけど、でもあなたにこれ以上迷惑をかけるのは気の毒だって、あのひとは言ってる。それであたしも電話するのを迷ってた」

湯呑みの底に残っていたお茶でも啜ったのか、別れた妻が少量のものを嚥下する音が伝わってきた。いやそんなつもりで言ったんじゃないんだが、と彼は口に出さずに思った。

「いちど福岡まで出かけてもらってるのに、こんどは福岡のもっと先まで行ってもらわなきゃならないし」と言って彼女は湯呑みを食卓に戻した。

「あたしもほんとは、こんなこと言うのは気が引ける。でもほかに頼めるひともいない。あたしはこんなだし、ほんとは彼が自分で行くのがいちばん、というか筋なんだけど、毎晩残業で帰ってくるあのひとの顔見たら、あんまり無理も言えないでしょ。奥さんの溜めた借金を返すためにも、産まれてくるあたしたちの子供のためにも、頑張って働いてくれてるんだし。ねえ、こんどの三連休、実家に帰る予定はないの？」

十一月下旬の三連休にはどんな予定もなかった。しかし彼は黙っていた。

「こんどの連休は無理だとしても、どっちにしても年末には帰省するのよね？　お正月は福岡で過ごすんでしょう？　だったら、そのときにもう一回だけ頼まれてくれない？　福岡からもう少し足をのばして、離婚届を持って、彼の奥さんに会ってきてもらえない？」

年末には帰省する予定があったが、彼はなお黙っていた。

「ただね、できるなら、一ヶ月でも早いほうが確実性があるとあたしは思うの。五月の連休のときとひとつ違うのは、こんどは、彼女の居場所がはっきりしてるでしょう。生まれ故郷の町で暮らしているのはまちがいないんだし、それにダンスホールで働いてるという話も確かなんでしょう？　だったら、本人に会うのはこんどは簡単だと思う。なにしろ海辺の小さな町らしいから、東京や福岡でひとを探すのとは違うんだから、ダンスホールなんて地元のひとに訊いたら一発でわかるわよ。そう思わない？　今回はそこに行けば確実につかまえられるのよ、ダンスホールを見つけて、本人に会って、離婚届にサインとハンコ貰って帰ってくるだけ。いまならね。いまなら確実。でも来年になったらわからない。彼女はまた居場所を移してるかもしれない。わかるでしょう？　あたしはなにもまちがったことは言っていない。そう思うんだけど、あなたは、どう思う？」

別れた妻がまちがったことを言っていないのはわかった。彼は口をひらいて、うん、と曖昧な声を出した。

6

十一月下旬の三連休二日目、日曜朝十時頃、西聡一《にしそういち》はホテルのベッドで目覚めた。ふだんの起床時刻より三時間半遅かった。

窓の外は曇天だった。

ホテルの案内によると朝食サービスは九時で終了していたが、飲み慣れないウイスキーを飲みすぎて二日酔い気味なので食欲もわかなかった。

彼はまず別れた妻に電話をかけた。手短かにこちらの事情を説明したが、むこうにはその事情がよく呑み込めないようだった。

「そういうことなら、とにかくもう一日頑張ってみてよ」と彼女は言った。「せっかくそんな辺鄙なところまで行ったんだから、一日で帰るのはもったいないじゃない」

頑張りたいのは山々だが、手がかりがなく頑張りようがないのだと、返事はつい愚痴っぽくなった。すると別れた妻が早口でまくしたてた。

「手がかりくらいその気になればいくらでも見つかるはずよ。住んでる人間はみんな知り合いみたいな狭い町なんだから。そうでしょ？　都会でひとを探すのとはわけがちがうのよ。現に、ゆうべあなたは護国寺《ごこくじ》さんて鍵になる人物の情報を手に入れてるじゃないの。いらいらさせないでよ、おなかの子にさわるから。いい？　その護国寺さんて名前のひとのこと、あとで彼に訊いてみる。訊いてみて、なにかわかったら折り返し電話で知らせるから、待ってて。とにかくもう一日だけそっちにいて。ね、どうせ実家に顔出す以外、急ぎの用事もないんでしょ？」

護国寺さんというのは、ワーズの店主が記憶していたダンスホール「日光」の関係者の名前だった。

もう十年以上も昔の話だが、その男は毎夜決まった時刻、看板の灯りが点っていくらもしない時刻にワーズにやって来た。客からの預かりものである封筒を店主が渡すと、礼を言って受け取り、すぐに帰った。それとは逆に、客へ封筒に入れた預けものをしてすぐに帰ることもあった。頻度でいえば前者の場合がはるかに多かったが、どちらの封筒にも紙幣と小銭が入っていた。預かりものがまだ届いてない日には、カウンター席にすわり、サントリーXOを飲みながら待つこともあった。口数は少なかった。水割りにしたブランデーを一杯飲みほさないうちに預かりものはたいてい届いた。すると一杯分の料金を払って帰っていった。

　護国寺さんの年齢は当時で五十前後、小柄でほっそりした体型の男だった。いつ見ても地味な茶系の背広を着てめだたない柄のネクタイを締めていた。先週のスーツと今週のスーツがかりに別だったとしても、他人には見分けがつかなかった。彼はダンスホール「日光」をねぐらにしていた。「日光」の経営者とどんな関係なのか、誰に聞いても知らなかったが、彼は常にそこにいた。毎夜決まった時刻にこの界隈をめぐり歩いて、客からの預かりものを回収し終えると必ず「日光」に戻っていった。ホールの営業時間には、ダンスフロアの一角にあるバーカウンターでブランデーを飲んでいた。店が看板になり従業員が帰ってしまったあともひとりそこに残った。建物のどこかに彼専用の寝台が置いてあるという噂だった。ある時期を境に、ワーズには顔を出さなくなったが、相変わらずの背広姿でこのあたりを歩いている姿を見かけることはあった。贔屓《ひいき》客たちからの預かりものがめっきり少なくなったあとも、決まった時刻の外出は続いている模様だった。

　おそらく「日光」が廃業するまで彼はそこを住処にしていた。だから彼なら、歴代の従業員全員と顔なじみのはずで、大越《おおこし》よしえのことも詳しく知っているに違いなかった。もちろん、これはたいして耳寄りな情報とは言えなかった。ワーズの店主はその男の現在の居場所を知らなかったし、姿を見かけなくなってから年月が経っていた。つまりこの情報を活用するためには、大越よしえ当人を探す前に、まず護国寺さんの行方を探すところから始めなければならなかった。ひと手間増えたも同然だった。しかし手がかりらしいものがないいまの状況では、これを唯一の手がかりと呼ぶべきかもしれなかった。少なくとも人探しの難易度でいえば、護国寺さんを追うほうが近道かもしれなかった。長年この町に住み着いていた男のほうが、いちどこの町を出て行った女にくらべて、より多く、または深く人々とのつながりを持っているのは自然だった。大越よしえと面識がなくても、護国寺さんの顔と名前を記憶している者はかなりの数にのぼるはずだった。

電話のあと彼はシャワーを浴びて着替え、ホテルをチェックアウトした。手続きのまえに延泊を申し出てみたが、予約がいっぱいで空きはないとの返事だった。

観光マップを見てJRの駅まで歩き、「名物」と暖簾に染め抜かれた店で手打ちそばを食べた。食べ終わっても別れた妻から折り返しの電話はかからなかった。時刻表を確認して翌日乗る電車のメモを取り、「ホテル・旅館案内」と表示のあるコーナーへ行って空き部屋を探してもらった。駅から多少離れたところになりますが、と案内係の女性が言い、指で押さえてみせたのは、観光マップのかなり端のほうだった。

それから福岡の実家と、大越よしえの元ルームメイトに電話をかけた。

母親には、仕事の用事が長引いて今日中にそっちへは帰れないと軽い嘘をついた。明日午後の福岡発羽田行きの便を予約してあるので、その前に時間があればいいけど、無理なら年末に帰省したときゆっくり話せるからと先に言い訳もしておいた。

元ルームメイトとは午後二時を過ぎて連絡がついた。朝からドラッグストアで化粧品を販売する勤務についていたらしく、昼休みに着信履歴を見てむこうから電話をよこした。

「お忙しいところすみません」と彼は一応謝った。

「あたりまえに連休の取れるひとが羨ましいですよ」と相手は言った。「それで、午前中の電話は？」

「実は困ったことになって」

「よしえさんの件ね」

「ええ、彼女の勤め先が見つからないんです」

「なんですか？」

「ダンスホールです、大越よしえさんが働いてるという。いま彼女の生まれ故郷の町にいるんです。連休を利用して、昨日から彼女を探しにこっちに来てるんです。ところが地元のひとに聞いてみると、この町に二軒あったダンスホールは二軒ともだいぶ前に営業をやめています。大越よしえさんが以前勤めてた店の名前は『日光』というんじゃないですか？」

「そう、確かそうだけど」

「その店がもうないんです」

「じゃあ彼女、前とは別の店で働いてるってこと？　新しく出来たダンスホールで？」

「いやそうじゃない、新しいのも古いのも、ないんです。ダンスホールじたいが、この町にはいま一軒もないんですよ。ホテルでも駅の案内所でも訊いてみたし、電話帳でも調べてみたので間違いありません。大越よしえさんがこっちに帰って働いてるという話は確実なんですよね？」

「そうよ。見たひとがいるんだから」

「だったら彼女の勤め先はダンスホールではないと思います」

「そうなの」と言ったきり相手は言葉を失ったようだった。

「なにか、そちらに新しい情報は入ってませんか」と彼は言ってみた。

「いいえ、あれ以来とくに」ぼんやりした声が答えた。「じゃあ彼女、いったいどこで働いてるのかしら」

「護国寺という名前の男性に心あたりは？」

と彼は質問をぶつけた。反応はとぼしかった。別れた妻に話したときとおなじで、護国寺という漢字の説明からやり直さなければならなかった。

「いくつくらいの男性？　そのひととよしえさん、なにかあったの？」

「いやそれは僕にはよくわかりません。ただ『日光』の関係者らしいんですよ」

「よしえさんの口から聞いたことない、そんな名字のひと」

「今夜までこっちに泊まります」と彼は言った。「もしなにか思い出したり、情報が入ったりしたらすぐに連絡してもらえますか」

そうする、と相手が請け合い、電話を切ると、もうとくにすることは思いつかなかった。

前夜ワーズで教えられ、観光マップに印をつけた二つの地点、二つのダンスホール旧跡を訪れてみた。旧跡といっても立札や石碑があるわけではないので、たぶんここ、と自分で見当をつけてしばし佇むしかなかった。ワーズの店主が若い頃通ったという「エデン」跡の角地には駐車場のビルが聳えていた。大越よしえが勤めていた「日光」跡のほうはセブンイレブンに変貌していた。

日が沈む頃、戸野本晶《とのもとあきら》から電話がかかり、博文堂という本屋で待ち合わせて会った。発砲事件の起きた十字路からほど近い場所だった。とある居酒屋の暖簾をくぐり、小さな個室に案内されたが、ふたりきりになっても話ははずまなかった。戸野本晶はめぼしい情報をもたらしたわけではなかった。ワーズの店主が知り合いをあたってくれて、大越よしえまたは護国寺さんにかかわる情報がなにか見つかれば電話連絡を貰えるようにしている、と語っただけで、ゆうべ遅くに別れたときから事態は少しも進展していなかった。とにかく誰かからの、新しい情報を待つしかなかった。

ふたりは一時間ほど個室で過ごした。地元で養殖された牡蠣をさかなに西聡一は地元の焼酎を水割りで何杯か飲みほした。戸野本晶のほうは生ビールをグラスで一杯だけつきあった。やがて彼女のほうの電話が鳴った。発信者を確かめて、電話に出るまえに、これは別件だという意味で西聡一にむかって首を振って見せ、彼女は席を立った。話を終えて戻ってくると、財布を取り出しながら言った。これから行くところができた。むろん引き止める理由は西聡一にはなかったし、ここの支払いは自分が持つと彼女を制するにとどめた。

戸野本晶と別れて、彼は十字路のほうへぶらぶら歩いた。

前夜にくらべると人出は極端に少なく、通りを練り歩く若者の集団は一組も見あたらなかった。道端に輪になってたむろする若者たちもその夜は消えていた。警察官の姿がふだんの何倍も目につくので地元の人間が寄りつくはずもなかった。いまごろになって現場にたどり着いたテレビ局があったが、撮影カメラやリポーターのまわりに野次馬すらたからなかった。

銃弾で窓硝子に亀裂のできたカフェを目にとらえて、彼は足を止めた。窓硝子を嵌め替えないままカフェは強気に営業中だった。外で店員がひとり、マイクを向けられていた。このままセンニチ通りまで歩いて、ワーズのカウンターで誰かからもたらされる情報を待つべきかどうか、彼は考えてみた。ワーズの店主は今夜も歓迎してくれそうだった。しかし別れた妻からも、大越よしえの元ルームメイトからも、電話はかかって来ない予感がしたし、明朝の電車の予定があった。明日は十時まで寝て朝食をとりそこねるわけにいかなかった。

ホテルで待機しようと態度を決め、彼は通りがかった空車に手をあげた。昼間駅の案内所で紹介された宿は、そこから歩いて行ける距離にはなかった。人出が減ったおかげでその晩は車の流れがなめらかで、カフェの前を通ればテレビ局の一団が邪魔になったかもしれないが、タクシーはそっちとは反対の方角へ走った。

翌朝、彼は十時六分の電車で福岡へ発った。

駅には不眠症の戸野本晶が見送りに来ていた。

改札口の前で、ワーズの店主からいまだに連絡はないと残念な報告をし、そのかわり、彼女は約束した。ひとつでも耳寄りな情報がつかめたらかならず電話で伝えると、一昨日も昨日もした約束を繰り返した。

福岡に着いたのは正午前で、そのまま彼は地下鉄で空港に向かった。予約便を夕方にずらしてまで実家に立ち寄る気にはならなかった。

空港で搭乗手続きをすませる頃には、戸野本晶の約束も信じられなくなっていた。東京に戻ってしまえば、戸野本晶と電話で話す機会はおそらく二度と訪れないだろう、そんな予感が強くした。ゆうべ当たった予感とおなじように当たる気がした。この件の当事者である別れた妻ですらあんなふうだから、そこまでする義理もない戸野本晶が進んで電話などかけてくるはずもなかった。

今回の旅行はまたしても空振りだった。俺は三連休をすっかり無駄に使い果たしたという後悔の念に西聡一はとらわれていた。結局、大越よしえのそばにたどり着けないどころか一歩も近づけないまま、宙ぶらりんのまま、帰京して会社勤めの日常に戻るのだと思った。

ところが戸野本晶は約束を忘れなかった。

それから一ヶ月ほどして電話はかかってきた。

十二月二十四日、深夜十二時近かった。

西聡一はその報告を布団のなかで受けた。

「大越よしえさんと連絡がつきました」と電話の声は言った。

戸野本晶の声は約束を果たせたことをとくに喜んでいるふうではなかった。報告を聞いた西聡一のほうにも達成感のようなものはこみあげなかった。

「どうやって？」と彼は訊いた。

「護国寺さんの線から」

「ああそう」と彼は答えた。

夜道に立って話しているのか、電話からは車の往来の音が伝わってきた。断続的にそばを通る車のタイヤが、そのたびに水溜まりを蹴立てるような音をたてていた。

「やっぱり護国寺さんと大越よしえはつながりがあったんだね」

「ええ」

「護国寺さんは彼女の連絡先をすぐに教えてくれたの？」

「いいえ、護国寺さんから直接聞いたわけではないんです」と戸野本晶が言い、彼は連絡先のメモをとらなければと布団から起き出した。「護国寺さんというかたは、先月末、亡くなられたそうです」

7

十二月二十三日の午後、私は競輪場にいた。

その日は朝から晴天で、長い時間、ホームストレッチ側の観覧席に気持ちのよい日溜まりができていた。

日の当たる場所は大屋根の陰のため区切られ、太陽の位置が変わるにつれて西から東へ、楕円形走路の第1コーナーと向かい合うあたりから第4コーナー付近へと徐々に移っていった。階段式に三十列ほど配置された座席のうち、上二十列は、西側の屋根のない一角を例外として午前中から常に冷えきっていた。

私は日当りのよい場所を追ってレースの待ち時間に観覧席を移動した。晴天の日はいつもそうすることに決めていた。

自販機のコーヒーは午前十時四十五分頃、第1コーナーを正面に見下ろす席で飲むことにしていた。場内各所に設置されたモニターで最初のレースの選手紹介がはじまる時刻だった。一日の最初の煙草もそこで吸った。

ライ麦パンのサンドイッチは、ゴールライン正面の席に移動して四つ目のレースの待ち時間に食べた。場内にはクリスマスの音楽が繰り返し流れていた。日陰になった場所はとうぜんのこと、日の当たる下段の観覧席もがらんとしていた。車券の発売が締め切られてからも、椅子を埋める人間は私をふくめちらほらとしかいなかった。レースは名古屋競輪場でおこなわれていて、入場者はそちらの進行に合わせて車券を買い、モニターでなりゆきを見守るだけなので、わざわざ観覧席までのぼってきて無人の走路と対面する理由もなかった。連日、競輪は日本各地の競輪場で開催され、それは護国寺さんがノミ屋として活躍した時代もおなじだったが、当時は、場外車券を私たちの町の競輪場で買うことは不可能だった。

午後四時過ぎ、名古屋競輪最終レースの待ち時間に、私は第4コーナーを見下ろす場所にすわっていた。雛壇状に設けられた座席の最前列から三つ四つ上の段で、そこより上になると屋根の陰に入って日は当たらなかった。

あいかわらずクリスマスの音楽が聞こえていた。最終レースの締め切り前に選曲されたのはジョンレノンの歌だった。屋根を支える柱に設置されたスピーカーから、so this is Christmasと歌い出されるその一曲が延々と途切れることなく降ってきた。たぶん締め切り直前のアナウンスがあるまで反復されて、その後は車券の購入を急かすべくもっとテンポの早い音楽に切り替わるはずだった。

時刻を確かめようと私は左手でポケットを探り、そこに携帯電話がないことに気づいた。携帯電話を持たない生活に慣れないので、一日に何度もカーゴパンツのポケットを探るのをやめられなかった。誰かが私の右の肩を小突いて通り過ぎた。

振り返ると若い男の後姿が見えた。

ジーンズに、深緑のダウンジャケットを着込み、ニットの帽子を被っていた。手には何も持たなかった。観覧席の最上段まで上りきると、男は股をひらいてゆったり椅子に腰かけ、両手をジャケットのポケットに収めて、いったん走路全体を見渡した。次にこちらを見下ろして私と目を合わせた。

男のすわった椅子の周囲に人影はなかった。ひとつ残らず空席だった。私は腰をあげ、空のリュックを手に、そちらへ階段をのぼった。

男は軽く会釈して私を迎えた。

私はリュックを抱いて左隣の椅子に腰をおろした。座面にあたる尻が冷たかった。

「どうも」と男が言った。

そこはじっとしていると風も冷たかった。第1コーナーから第2コーナーにかけての方角、目の高さに高速道路が見え、速やかに車が流れていた。

「やばくないの？　こんなとこに来て」と私は言った。

「やばいです」と男は答えた。寒いです、と答えたも同然に私の耳に届いた。そのくらい気持ちがこもっていなかった。両手をポケットに突っ込んだまま、肩をそびやかして、実際男はいちど身震いした。そして両膝をぴったり閉じて貧乏揺すりをした。

「やばいですよ、どこにいても。薄氷を踏む思いですよ」

年齢は三十になるかならずのはずだった。色白の頬に無精髭が点々とこびりついていた。薄氷を踏む思いという表現に自分で戸惑ったのか、彫りのしっかりした顔立ちが弛んで目尻が下がり、ひらいた唇のあいだから上の歯並びまで見えた。私は笑い返さなかった。

「ずっとこっちにいたの」

「いえちょっと、ほうぼう」

「当たらなくて良かったね、ひとに」と私は言った。

「はい」男は神妙にうなずいてみせた。そのあと両手をポケットから出して太腿を擦った。

「いま思えば、当たらなくて幸いでした」

「カフェの窓硝子は壊したけど」

「はい」

「あとで聞いてびっくりしたよ。何が起きたのかわからなかった。まさか拳銃を持ち歩いてるとは知らなかったし」

「すいません。自分でも何がどうなったのかよくわからなくて」うつむいた男は片手でもう一方の手の指を四本まとめて鷲摑みにした。続けざまに関節の鳴る音がした。「実弾が買えたんで、できれば試射してみたいなとは思ってたんですけど」

「繁華街のどまんなかで？」

「あれは試射じゃないんです。あのときは、頭に血がのぼって」

「でもひとに当たらなくて良かった。拳銃は、お父さんの形見？」

「はい。競輪場って、ジョンレノンとか聞かせるんですね。昔からこんなですか」

「どうだろう、毎年この時期にはクリスマスの音楽がかかってたと思うけど。でも言われてみると昔は、歌詞のついた曲は流さなかったような気もする」

頭部全体を覆ったニット帽からはみだした耳の裏側の髪を内側に押し込むため男がしばらく黙った。私も黙ってその様子を見ていた。曲の頭に戻ってジョンレノンがまた歌い出した。

「それで」と男が言いづらそうに訊ねた。「どうしましょうか」

そのときには私は腹を決めていた。

「どうしましょうか、と言われてもさ。状況はわかってるだろう？」

「そうですか」男は私の答えを予測していたようだった。

「こんなとこまで来てもらって、悪いけど」

「そうですよね。一ヶ月も遅れちゃったし。当人がいなくなっちゃったわけだし」

「そうだね」

「そうか」男の口から溜息が洩れた。

私は抱いていたリュックを膝の上に寝かせた。

「でもどうにかなりませんか」と男が言った。「引き取って貰うわけにいかないですか」

「無理だ。中身のことも僕は知らないのに」

「そうですか」

「そうだよ」

「いつか、必要になるときが来るかもしれませんよ」

「どんなときだよ」

男は答えられなかった。

「金が必要なんだろ」と私は言い、カーゴパンツの左側面ポケットのフラップのボタンを二つはずして中を探った。左右の側面ポケットが同じ膨らみになるよう二分し、持ち歩いていた金は一ヶ月たつうちバランスがくずれていた。右は空になり、左は半減していた。

角の摩滅した封筒を差し出すと、相手は遠慮なしにそれをつかみとり、中身をあらためた。

「どのくらいある?」と私は訊いた。

「百と、あと二三十」

「うん。半端で気持ち悪いけど」

男は封筒をダウンジャケットのポケット深く収めた。

「恩にきます」

「もし十五分ほど待てるなら」と私は言った。「もっときりのいい数にして渡せるかもしれない」

「どういう意味ですか」

「最終レースの結果次第では、という意味だけど」

男は見切りをつけて立ちあがり、ニット帽のふちを両手で押さえ整えた。それからすぐにはその場を離れずに、私を見て、いくらか同情のまじった微笑を浮かべた。

「気持ちだけ」と男は言った。「車を待たせてあるんで」

「小嶋敬二から三連単を買ってるんだ」

「知りませんよ」

「いちばん強い選手から、まとめて買ってるんだよ」

「当たるといいですね。かりそめの幸福も味わわないと、憂き目つづきじゃやってられないですよね、おたがい」

「憂き目？」

「いや競輪じゃなくて」

「なに」

「いや携帯が死んでるからおかしいなと思って」

「なに」

「聞いたんですよ、奥さんと別れて引っ越したこととか。小説の話は俺は門外漢だけど、離婚はまあ、俺のほうが先輩だから、へこむのはわかる」

「どこで聞いたの」

「いちいち話してると長くなるけど」と男は言い、ジャケットの内側に手を差し入れた。「ここに来る前、すみれさんと会って来たんです。例の届け物、ずっと預かってもらってたから。預かってもらってたというか、勢いで、そうなっちゃったんですけどね。あの晩、あそこで偶然会って立ち話してるうちに。だいじょうぶですよ、そんな顔しなくても、あのひと事情は心得てるし、俺らの不利になるようなことは絶対喋らないから」

「すみれさんて？」と私は言った。

「あのカフェで夜バイトしてるんですよ」

と？」

「あのカフェって？」と私は言った。「もしかして君が窓硝子を壊したあのカフェのこ

男は黙っていた。あのカフェ以外にどんなカフェがあるのかと言いたげだった。

「するとこういうことか」と私は続けた。「あの晩、君は僕に届ける予定の物を、いったん他人の手に預けて、そのあとで、カフェの窓硝子を撃ったわけか？　そしてそのまま逃走したから、届け物はそのひとが代わりに今日まで預かってくれていた。そのひとがあのカフェで働いてるすみれさん？」

「ええ、そのとおりですよ」と男は我慢強く答えた。内ポケットから何かを取り出すと、こう付け足した。「むかしうちにいたすみれさん、知ってますよね？」

「いや」と私は答えた。

男は二三秒私の顔をにらんでいた。

「知らないな」と私は言った。

「そうですか」

「僕が嘘をついてると思う？」

男はろくに考えず返事をした。

「いいえ。どうでもいいです、もう」

「僕は君のお父さんの店に出入りしてたわけでもないしね。ダンスって柄じゃないから」

「そうですか」男は何かを握った手を私のほうへ差し出した。「でも、むこうは、以前から知ってるみたいな言い方でしたよ」

「すみれが本名じゃないよね？」

「さあ、俺はその名前でしか知らないから。じゃあこれ」

男の手にはプラスティックの小片が握られていた。私はそれをつまみ取ってから訊ねた。

「これは？」

「届け物です」

それは黄色いプラスティックの卵型の板だった。表にも裏にも黒マジックでおなじ二桁の番号が記してあった。競輪場の手荷物預かり所の番号札だとすぐに気づいた。

「そんなつもりで金を渡したんじゃないんだよ」私は折り紙の騙し船をつかまされたような気になった。

「わかってます。でも金だけ恵んで貰って帰るわけにいかないし、俺だってどうしていいか迷いますよ。拳銃だけでも十分やばいのに、あんなもの持ち歩けない」

「じゃあ元の持ち主に引き取って貰ったら？」

男は封筒を収めたほうのポケットに片手を差し入れ、白けた目つきで私を見た。

「ちょくちょく、とぼけたこと言いますね」

「とぼけてるつもりはないんだ」

「元の持ち主をたどったら海の彼方まで行っちゃいますよ。必要ないなら、その札は捨ててください」

「これを捨てたら、預けた荷物はどうなる」

「預かり所の係が、いずれ気づくでしょう。今日すぐじゃないにしても、来週か再来週、きっと年が明けたあたりで、引き取り手のない荷物として処理されるんじゃないですか。でもその頃には誰が預けたかなんてもう忘れてますよ」

引き取り手のない荷物の処理のされ方について、考えてみるために時間が必要だと私は思った。しかし男は挨拶がわりに片手を挙げ、背中を向け、階段を降りはじめた。

男は急がなかった。一方の手をダウンジャケットのポケットに入れたまま、一段一段慎重な身のこなしで階段を降りていった。屋根から降っていた音楽は途切れていた。車券の発売締め切り時刻が迫ったことを知らせるアナウンスが割って入り、その後、歌詞のないピアノの楽曲が流れ出した。私は椅子から動かず、考えをまとめるため頭を働かせた。

男が姿を消してから数分後、締め切り時刻をむかえた。歌詞のない音楽も途絶えて競輪場内はしばし静まり返った。鴉《からす》の鳴き声が耳についた。走路内側に立てられた風見鶏はせわしく向きを変えていた。第4コーナー手前の観覧席は無人だった。日差しが雲に閉ざされ、バンクにもスタンドにも風が吹き抜けていた。いつのまにか自分の膝が貧乏揺すりしていることに私は気づいた。

それからまもなく最終レースの始まりが告げられた。入場曲のマーチが流れて実況担当のアナウンサーの声が喋り始めた。急ぐ必要はなかった。引き取り手のない荷物を誰かが不審に思うまでにはまだ時間がかかるはずだった。さっき男が言ったとおりだと自分に言い聞かせ私は椅子を立った。空のリュックを左肩にかけて、通路の階段を降りた。

手荷物預かり所は正面入口のそばにあった。

受付の窓は閉じていたが、薄いピンクの上っ張りを来た女性がふたり中にいるのが見えた。ひとりが窓を開けて笑顔で手のひらを差し出したので、私は番号札をその上に載せた。係の女性が奥から持ち出してきたのはありふれた紙袋で、地元の菓子メーカーのロゴ入りだった。ビニールの持ち手の付いた紙袋の口はテープでふさがれてはいなかった。上半分が底のほうへ折り曲げてあるだけだった。持ち手の部分におなじ番号の照合札が結びつけてあった。それを係の女性がほどき、半分に折り曲げた紙袋がカウンターの上に置かれた。持ってみると箱がひとつ押し込まれているのがわかった。カステラでも入っているような均質な重みが感じられたが、ひらいて点検するわけにいかなかった。私はその場で紙袋をリュックに詰めた。受付の窓が閉まった。そこまで二分とかからなかった。レースの実況をつたえる場内放送は打鐘の音とともに佳境に入っていた。私はリュックをまた左肩にかけ、スタンドには戻らず競輪場をあとにした。

ちなみに最終レースの結果は翌日知った。

二十四日の昼頃、自宅から歩いて五六分のコンビニへ行き、外に置かれた公衆電話から、死んだ携帯電話に登録してある番号に電話をかけた。ついでにスポーツ新聞を買い、帰り道、老眼鏡をかけて競輪の頁をひらくと、車券は当たっていて、かりそめの幸福を味わうことができた。三連単の払戻金は20610円だった。その車券を二万円持っていた。

二十四日の夜にも、コンビニの公衆電話から二カ所電話をかけた。最初の電話は長びき、一度切ったあと三十分してかけなおす手間までかかったのだが、私のうしろに公衆電話の空きを待つ人間などいるわけもなく、気兼ねなく独占できた。

三十分の待ち時間に私はコンビニで煙草と温かい飲み物を買い、電話のそばに立って一服した。駐車場の車はひっきりなしに出入りしていたが、外で時間をつぶす人間はひとりもいなかった。店の前にたむろする若者の姿も見えなかった。寒気のせいか、もともとそういう場所柄ではないのか、あるいは繁華街のほうへみんな出払っているのかもしれなかった。

煙草を短くなるまで吸い、靴底で踏み消したあと、職業別電話帳を指でたどって二カ所目に電話をかけた。

「従業員のすみれさんをお願いします」と私は言ってみた。

「はあ?」と女性の声が答えた。電話を通してカフェの繁盛している雑音が伝わってきた。

「すいません」と私は言い直した。「そちらに大越よしえさんというひとが働いていませんか」

うちにそんな名前のひとはいないと言われるか、無言でしばらく待たされて本人が出てくるか、どちらかを私は予想していた。どちらでもなかった。最初に電話に出た女は独特の低いざらついた声をしていた。大越はあたしだけど、あんただれ、と彼女は言った。

8

十一月中旬、雨の月曜日に、古い住所宛の葉書が転送されて私のもとに届いた。

ボールペンで縦書きされた細かい文字は癖があり、おまけにインクの出が薄く、前略以下の文面は、老眼鏡をかけて想像力を働かせなければとても読み取れなかった。読み終わったあとも、全文を正しく判読できているのか心許なかった。

その葉書は捨てるまで数日寝かせておいた。折り畳み式ベッドの枕元に、荷解きしていない段ボールの箱を置いてテーブルに使っていたのだが、そこに読みかけの本や小銭や錠剤や洗い忘れたグラスと一緒に載せてあった。

葉書をごみに出した日、公衆電話から携帯に着信があった。留守電のメッセージが録音されており、感情的になった女の声がこう喋っていた。

「ねえ護国寺さんは本気で待ってるの。もう長くは生きられないの。知ってるよね。知っててなにやってるの。このまま死ぬまでほったらかし？　死んだらお葬式に香典つつんですませる気？　われかんせずえん、か。自分のことしか考えられないのか。古い友達が、今生の別れに来てくれと頼んでるのに、来るのが無理なら、せめて葉書の返事くらい書くべきなのに。小説書けないって泣いてるひまに、ひととして、やるべき仕事を果たせ。二流のくせに、電話にも出ろ」

その女に心当りはなかった。面識のある人間なのかもしれないが、誰なのか特定できなかった。喋り声から、若くないと推測できたていどだった。彼女の声は低く、濁りをふくんでいた。喉の奥に炎症をかかえているようなざらついた声だった。メッセージを二回三回と再生するうち、ざらつきのなかに微細な振動さえ聞き分けることができた。カナブンの羽音のようにも感じ取れた。

総合病院の建物は町を東西に割って流れる川のそばにあった。河岸の一方には桜の木が立ち並び、それは昔も今もおなじだったが、完璧な護岸工事のおかげで景観はすっかり清潔に改まった。川幅は整い、川底はならされ、反対側の河岸から貸しボート小屋は消滅した。ほんの三十年ほどのあいだの変化だった。

私はデパートの食品売場で見つけた西瓜《すいか》をひとつ提げて、桜の並木のほうへ橋を渡った。捨ててしまった葉書に「西瓜」の文字があったのが忘れられなかった。十一月に西瓜を食べたくなる気持ちが私には想像できなかったが、デパートで売られているのは需要がある証拠だった。あるいはもう長く生きられないひとのために、誰かが工夫して、西瓜が一年中手に入る世の中になっているのかもしれなかった。

重篤の患者のためのフロアがあることを受付で教えられ、時間をかけてそこを探しあてた。おろしたてのナース服を着た若い女が病室まで付き添ってくれて、入口の脇に置かれた盥《たらい》に手を浸すよう指示をした。両手を消毒して、あとそこのタオルで拭いてから入室してください、マスクは必要ありませんと彼女は言い置いて歩き去った。私は指示に従ったのち引き戸になった病室の扉を開けた。

病人は眠っていた。

疲労困憊《こんぱい》して眠っているように最初のうち見えた。私の新居とおなじ広さの病室に、ベッドが一台、奥の窓側の壁と平行に置かれていた。配置まで私の部屋とおなじだった。病人と小声で話をかわせるくらい近距離に丸椅子が一脚出されていたが、そちらへは近寄らず、見舞いに持参した西瓜の置き場所を探した。ベッドの足元側の壁に寄せて丸椅子がふたつ重ねて片づけてあり、コンビニのレジ袋が載っていて、中身をあらためると袋詰めののど飴と、新品の単三電池と、スコッティが一箱入っていた。それを床におろし、かわりに西瓜を網目になった袋ごと載せてみたが、安定が悪くいまにも転がり落ちそうだった。

病室の外の廊下で、あるいは隣の病室で、誰かが空咳をする声が聞こえた。それくらい周囲は静かだった。私は自分が息をひそめて西瓜を扱っていることに気づいた。入ってきたとき閉め忘れていた扉のほうへ目をやり、つぎに背後を振り向くと、ベッドの病人と視線がぶつかった。

彼は大儀そうに首を起こしてこちらへ目を瞠《みは》っていた。それから片手をさしのべ、指を曲げて、おいでおいでの仕草をした。

「わざわざ、ぶらさげてきたのか？」と彼は言った。

ベッドのそばの丸椅子に私が腰をおちつけると、彼はいちどだけ女がむせび泣くような声をあげた。肩を上下させて、笑ったのだった。

「メロンにしては、でかいなと思って見てたんだ」

「食べたいんじゃないかと思って」と私は言った。

「ああ」と病人が答えた。

「どこに置きましょうか」

「井戸で冷やして食おう」

うまい返事は思いつかなかった。私は目をそらした。どう言葉を返せば相手が気に入るのかわからなかった。

「どうも、ご無沙汰してます」と私はお辞儀した。

「俺に持たせてくれ」と病人は言った。

当然のことながら彼はもう昔の護国寺さんとは別人だった。顔つきも変わっていたし、頭の形がごまかせないほど髪の毛は抜け落ちていた。もともと小柄だった体はより縮まっていた。上掛けに隠れてはいたが、かさが足りないように見えた。持たせてくれと言いながら彼は両腕をぴくりとも動かさなかった。私はしばらく待ってみて膝の上に抱えていた西瓜を床におろした。

「困ってるんだって？」と病人が言った。

考え事をして、答えるタイミングを逸したので、私は黙っていた。

「ひとりで困ってるんだって?」と病人が繰り返した。「解体寸前のマンションに、立て籠《こも》ってると、噂に聞いたんだ」

「離婚のことですか」と私は言った。「離婚は僕のほうから切り出したんですよ」

すると彼は閉じていた目をひらいて、憶えてるか? と脈絡もなく言い、人気《ひとけ》のない海水浴場で西瓜を射的《しやてき》の的《まと》にして遊んだことがあったという昔話を始めた。ひらいた目の左右とも、周縁の皮膚が赤かった。縁取りのメイクをほどこしたように不自然に赤らんでいた。

続けて彼は、私がもう忘れてしまっていた古い思い出話をいくつか語った。いまより二十歳も三十歳も若かった私や、センニチ通りとニチレイ通りの酒場の店主とホステスたちや、ダンスホール「日光」の経営者や従業員たちの登場するエピソードだった。私は気の利かない相槌をはさみながらその話を聞いた。そうでしたね、そんなこともありましたね、としか言い様がなかった。

病人の声は芝居がかっているとも取れるほど病人然として声帯に力がこもらなかった。しばしば吐息がまじり、語り口はたどたどしかった。もし途中で護国寺さんの口から「頼み事がある」という台詞が出なければ、私は勘違いしたまま辛抱を通すところだった。病人は変わり果てた姿で過去を語り、私を泣かせたがっているのではないか、最初から私を泣かせる目的でここへ呼びつけたのではないかと疑いが芽生え始めていた。

「おばちゃんが、ひとりでやってる、鮨屋があったろ」と彼は新しい話題に移った。「駅の地下街の、狭い鮨屋だった」

私はいったん顔を伏せ、指先に力をこめて左、右と眉毛を撫でつけた。

「ありました」

「もうないか」

「とっくに」

「あれも懐かしい。おばちゃんが鮨を握る、鮨屋は珍しかっただろ。ちょっと他所《よそ》じゃ、食えないだろ、女が握った鮨は」

「そうですね」

「一緒に鮨食ったの憶えてるか、日光の社長の息子、お守りして。がきのくせに、一人前に、中トロなんて注文した、あいつがもういい大人だ」

「ええ」

「顔は、わかるか。むこうは憶えてるみたいだ」

「彼が高校生のときいちど飲んだことがありますよ、大勢で、護国寺さんもそこにいた」

「そうか。じゃあ聞いてくれ、頼み事がある」

その「日光」の社長の息子に会ってほしいと彼は言った。会って、荷物を受け取り、自分が退院する日まで保管してほしいというのが頼み事の内容だった。私は脚も組まず丸椅子にじっとすわっていた。

「僕でないとだめなんですか」

「ああ、ボクがいいんだ。誰より、安全だから。君は結婚して、すっかり足を洗ったからな。競輪だってやめてしまっただろ」

「わかりました」と私が答えると、病人が枕の上で頭をずらして私の目を覗きこもうとした。

「聞き分けがいいんだな」

「荷物を受け取って、預かればいいんですね。護国寺さんが退院するときまで」

「うんそうだ」

「荷物が何かは知らないほうがいいんでしょう」

「そうだな」

「わかりました」

「ありがとう」と病人は言った。そして決心をつけるため目をつぶり、数秒、考えをめぐらせていた。

「それと、あと、もうひとつある」

病室に隠しておけないものがもうひとつあるという意味だった。

病人は枕の上で顔の向きを変え、窓側のほうへまわるよう私に指示を出した。窓と平行に配置されたベッドとの間隔は1メートルほどあり、枕元近くは点滴のスタンドが場所を取っていた。そこにしゃがんで、ベッドの下を見ろと彼は言った。

荷物がひとつ押し込んであった。ひっぱりだしてみると濃紺地のハイキング用のリュックだった。文庫本が四五冊入っているほどの重みがあった。私はそのリュックを手にして丸椅子に戻った。病人がまた体の向きを変えるために時間をかけた。

私はリュックの中身を穿鑿《せんさく》するつもりはなかった。駅裏の単身者向けマンションに持ち帰り、近いうち「日光」の社長の息子から受け取る予定の荷物と一緒にベッドの下に押し込んで、時間が過ぎるのを待とうと考えていた。どのくらいの時間待てばすむのかわからなかったが、マンションの取り壊しと立ち退きの期日が明らかになるまで、待つことは可能なはずだった。

私は引きあげる挨拶を用意した。護国寺さんが私の気配をとらえ、命のつぎに大事なものだ、と言った。私は聞き返さなかった。資金が入ってるんだ、と彼は念を押した。私は爪先に触れる西瓜に視線を落として答えなかった。

「金は大事だろ」

「ええ」

「年取って、金がないと哀れだな」

「ええ」

「退院したら、その金を元手に、生きていくんだ」

未来形の言葉とは裏腹に、病人は、過去の自分を語っているようだった。あるいは過去の自分を、演じているようだった。もし病が癒えて娑婆に出たら、その金を元手に、一から立て直すつもりだった、まだ生きるつもりでいた。

「大事な金だ。わかるな」

「ええ」

「そのつもりで、預かってくれ」

「そろそろ行かないと」と私は言った。「取材で人と会うので」

「ああ」と病人が答えた。

しかし私はすぐには椅子を立たなかった。

「来てくれて良かった。おかげで、憂いが消えて、助かった。地道にやってるのは、おまえだけだ。ほかは、信用できない。わかってるだろうが、退院するまで、もう、ここに来るな。来ないのが、安全策だ。俺の荷物と、おまえの身のため」

私はうなずいて見せた。

「それから、もし」と護国寺さんは言い、時間をたっぷり取って一度呼吸した。私はまたうなずいて見せた。

「もし社長の息子が、金のことを言い出したら、黙ってそこから足してやれ。死んだ社長には恩義があるから、端た金でけちったりしたら、ばちがあたる。いくらでもいい、欲しいだけ渡してやれ。おまえに預けたんだから、おまえにまかせる」

私は三度目にうなずいて見せた。

「じゃあ」と病人は言い、顔をそむけた。「少し疲れた」

リュックのストラップを左肩にかけて私は椅子を立った。

その場で背を向けられずためらっていると、目を閉じた病人が片手を持ち上げ、指先をゆらゆらさせて、行け、と合図した。

9

十二月二十四日、夜十一時を五分まわった頃、私はセンニチ通りのワーズにいた。

カウンター席に客は私たち一組だけだった。

右手奥の突き当たりに磨り硝子の扉で仕切られたボックス席が設けられていたが、中に人の気配はなかった。

従業員もひとりもいなかった。店主は私たちと距離をとり、カウンターの端っこのほうでトランプを並べて独り遊びをしていた。有線放送はむろんクリスマスの音楽を流していた。

十一時に私が顔を出したとき、ちょうど仕事あがりのバイトのホステスと出入口ですれ違った。サンタクロースの帽子を被った年の頃十六七のホステスだった。彼女は私を見て痛い顔をした。店が暇で、もしくは客が途切れて、早退けの許しが出たとたん、間の悪いのがひとり来た、と舌打ちしたげな顔つきだった。それでも彼女は扉を押さえて私をさきに中へ通した。頬杖をついてトランプをいじっていた店主が私に気づき、笑顔になった。一ヶ月前、西聡一に見せたのとおなじ意味合いの笑顔だった。いいのよジュンちゃん、たいして売り上げになる客じゃないから、と店主は言った。ホステスは私が背負ったリュックを一瞥し、納得のいった顔でセンニチ通りへ出ていった。

それから私はカウンターをはさんで私より十歳年長の店主と向かい合った。彼女と差し向かいで話をするのは十年ではきかないほどひさしぶりだった。しかし積もる話をふたりでくずしにかかる時間はなかった。十一時五分に、待ち人が現れた。

ご無沙汰していますと彼は店主に挨拶し、私の左隣の椅子に腰をおろした。店主は彼の挨拶に応えなかった。小瓶のビールを一本、一口で飲みほせる量しか入らない小ぶりのグラスを二個、私たちの前に置くと、バイシクルのカードを両手でかき集めて出入口近くへ移動した。そしてそこで独り遊びの続きをはじめた。彼女の目の前の椅子にさっき私がおろしたリュックが置いてあった。

ウィスキーのほうがよくはないかと、私は隣の男に訊ねた。

「いいえ」と彼が答え、小瓶を持ちあげて私のグラスに注いでくれた。底の直径が3センチほどの華奢なグラスなので、ふちまで満たすのに2秒とかからなかった。彼が自分のグラスにも注ぎ、かたちだけ乾杯の仕草をした。私は喉を湿らせるていどの飲み方をした。彼は一口で放り込むようにしてグラスを空にした。

「悪いね。携帯が壊れてるから、連絡に手間がかかって」

「いえ」

「君の同級生にも手間を取らせた」

「なんでもないです」

「本人がそう言ってくれるといいけど」

「言いますよ。古いつきあいなんでしょう、店を出す前からの。なんでもないです」

「あっちは、今夜は賑やかなんだろうね」

「ええたぶん。ここよりは」

彼の肩越しに、カードを扱う手をとめてこちらを振り向く店主が見えた。私はなるだけ目を合わせないよう努めた。彼が手酌でもう一杯注ぎ、また一口でグラスを空けた。

一ヶ月前響を飲んでいた夜とは違い、彼はスーツ姿ではなかった。ダウンジャケットにジーンズという組み合わせなので、競輪場に来た「日光」の社長の息子と見分けがつかなかった。年格好すらおなじに映った。しかしそんなことをいえばこの私も似たようなものだった。私も彼らにまじれるような服装だった。

三杯目は私が酌をした。それで小瓶の中身は底をついた。忙しいのに悪かったね、と私は言い、ハイライトを取り出してくわえた。

「じゃあ」と三杯目を飲み干して彼が腰をあげかけた。

「うん」とだけ私は応えた。それがあまりにも素っ気なかったのかもしれなかった。

「余計なことを言うようですが」と彼は立つ前に言った。「先生は踊らされてるんですよ」

私には言葉の意味が通じなかった。

「こうなるのは想定済みなんです。自分じゃ俺の前に出てくる勇気がないから、先生を利用しただけです」

「そう」

「金を渡したんでしょう」

「いや」と私は首を振った。そうしようと決めていたので自然にできた。「それに預かった袋の中身がなにか、僕は知らないんだ」

「そうですか」

「うん。燃えるごみに出していいものかどうかもわからない」

「交渉次第では一財産築けますよ」

私はマッチを擦り、ハイライトに火を点けて間を取った。

「冗談だよね？」

「まあ冗談ですけど」彼は煙を避けるかのように椅子をひいた。「もし先生がその気なら、交渉には応じます」

私は首を振った。

そばに立ったまま彼は私を見下ろして言った。「少しは必要じゃないんですか」

「いや金は必要じゃない」

「そうですか。気が変わったらいつでも言ってください」

彼はそのあと急に含み笑いの声になってこう続けた。

「ああそれとひとつ、あっちで耳にした噂があるんですが」

私は片手で煙を払いながら相手を見上げた。

「最近の話です。先生が行方不明だと言いふらしてる男がいるらしい。なんでも新聞に原稿をもらう約束があったとかなかったとか、店に来るたびその話を持ち出して騒いでるらしい」

「ああ。君の同級生には迷惑な話だね」

「同級生より先生ですよ。あんまりうるさいようなら、消しましょうか？」

彼は私の笑顔を見ると満足し、背を向けて出入口のほうへ歩いていった。途中でいちど足をとめ、椅子からリュックを拾いあげ肩にかけると、扉を押して外へ消えた。その間店主は独り遊びのカードから目をあげなかった。


煙草を一本吸いおわるまで私は有線の音楽に耳を傾けていた。

グラスのビールはまだ半分以上残っていたが口をつけず、二本目の煙草に火を点けたとき、店主が私の前に立ち、カウンターに響の未開封のボトルを置いた。

「それが最後の煙草ね」と彼女は言った。「朝一本、昼二本、夜二本、決まり事なのよね」

「そうです。どこからそういう情報が入ってくるんです？」

「いや金は必要じゃない」と彼女は私の口まねをした。「だったらその金、うちで使って貰おうじゃないの」

「そうけんけんしないでください。僕は病気なんだから。病気の情報は入ってませんか？」

「けんけんはしてない」と彼女は言った。「ただ、年は取りたくないと嘆いてるだけ。そのへんの道端で、アイスキャンデー落っことして泣きべそかいてた子供に、なめてかかられる。事前になんの挨拶もしないで、うちを待ち合わせの喫茶店がわりに使うなんて」

「さっきの彼が？　道にアイスキャンデー落として泣いたんですか」

「そうよ」と彼女は答えた。「あたしが水道の水で洗って泣きやませた。いまでも憶えてる」

「むこうはもう忘れてますよ」

店主は響の封を切り、ロックグラスになみなみ注ぎ入れ、ビールグラスと取り替えてコースターに載せた。そのあと自分が飲むための烏龍茶を用意して伝票にチェックを入れるまで口をきかなかった。

「あんたもひとのことは言えない」と彼女が言った。「あんただって忘れてることはたくさんある」

「ええわかってます」

「あの世から蘇ったかと思ったら、うちを待ち合わせの喫茶店がわりに使うなんて」

「すいません」私は詫びをいれた。「ここしか思いつかなかったんです」

彼女は烏龍茶のグラスをつかんで匂いを嗅ぐような仕草をし、一口も飲まずにそのグラスをカウンターに戻した。一二歩、足場を後方へずらして私のほうへ身体を倒すと頰杖をついた。

「秋に離婚したんです」と私は言った。

「知ってる」と彼女は言い、鼻で笑った。「いまかいまかと思って待ってた。遅すぎたくらいよ。あんな頭の悪い女、うまくいくわけがないと最初からわかってた」

「最初に言ってほしかったですね」

「意外に思われるかもしれませんけど」と彼女は声音を変えて言った。私の別れた妻の口まねのつもりのようだった。「ライ麦パンて、食物繊維が豊富に含まれてるんですよ」

「よく憶えてるな」

「あたしはそこに一度でもすわった客のことは忘れない」

私はマッチを擦り、三本目のハイライトに火を点けた。店主が煙をさけて真正面からやや右斜めに立ち位置を移した。

「さっきの煙草の本数の話、情報もとの戸野本晶に連絡をつけて貰えませんか」

「もっとほかに、積もる話があるんじゃないの」

「ええ積もる話はあります。あとでゆっくり話しましょう。なんなら朝まで飲んでもいいつもりでここに来てるんです」

「彼女、こっちにはもういないのよ」

「携帯を解約してますね」

「商売用のを処分したんじゃない？　引きあげるとき」

「どこへ引きあげたんです」

「そんなこと知らない」

「なぜ町を出たんだろう」

「それは」と言いかけて、彼女はいたわるように腰をさすり頬杖をつく腕を左右入れ替えた。「あんたが取材するばっかりで小説書かないから、もう飽き飽きしたんじゃない？」

「とにかく連絡をつけて貰えませんか」と私は言った。「西聡一という名前の客、憶えてるでしょう。彼が探していた女について伝えたいことがあるんです」

「大越よしえ」

「そう。ここに来る前、会ってきたんです」

「誰と」

「だったら早く教えてあげないと」

「大越よしえとですよ」

「へえ」と彼女は感動詞の合いの手を入れた。「だったら早く教えてあげないと」

「そうしたいけど、商売用の番号しか知らない」

彼女は空いたほうの手で響のボトルの横に積み重ねたトランプを持ち上げ、下敷きになっていた紙切れを一枚引っぱり出した。二つ折りになったその紙切れをひらけばおそらく戸野本晶の携帯番号が書きつけてある模様だった。

「教えてあげて」と彼女は言った。

「僕の携帯は壊れて使えないんです。さっき聞いてたでしょう」

すると彼女は驚きのしるしに眉と、付け睫毛をせいいっぱい持ち上げて見せた。

私はくわえ煙草でカーゴパンツのポケットの中の小銭を探った。

それから席を立ち、カウンターに沿って出入口のほうへ歩いた。

扉の手前でカウンターは右へ椅子二脚分ほどカーブして壁に到達し、壁際には昔ふうの公衆電話が据え付けてあった。そこには電話のほかに一時期カラオケ用のレーザーディスクの棚が設けてあったような気がしたが、そっちは消滅していた。その時代がいつ頃だったのか思い出せなかったし、レーザーディスク以前のカラオケのことはもう見当もつかなかった。私は老眼鏡をかけて百円玉を挿入口に落とし、メモ用紙をひらいてそこに書きつけてある番号を押した。まもなく電話はつながり、戸野本晶の声が聞こえた。しばらくたったらこちらからかけなおすので待ってほしいという意味の録音された案内が流れた。私は受話器を戻し、もとの椅子まで歩いた。店主が灰皿を差し出して迎え、もう一方の手でメモ用紙の返却を求めた。

しばらくたったらの「しばらく」がどのくらいの時間を差すのか想像もつかなかった。ふたりでしばらく有線の音楽に耳を傾けてみたが、折り返しの電話は鳴らなかった。ママがサンタクロースにキスをしたという歌詞のところで店主が退屈のあまり曲に合わせて歌った。

「さて」と私は言った。「朝までまだ時間があるし、話をしましょう」

「思うんだけど」と店主が言った。「大越よしえの居場所を彼女に教えてどうなるの」

「彼女から西聡一に情報が伝わるんですよ」

「いまさら？」

「そして正月休みに、また西聡一がこの町にやって来るんです」

「こんどは旦那が来るべきじゃないの、来るにしても」

「そうかな。あっちでは赤ん坊がそろそろ産まれる頃だし、僕は西聡一が来るほうに賭ける」

「そんなことよりあたしが思うのは、大越よしえ本人に、東京と連絡取るように勧めたほうが早くない？」

私は目の前のグラスに手を伸ばしてウィスキーをこぼさないよう一口舐めた。

「いや僕はそう思わない」とそのあと答えた。「出しゃばりと親切は分けたほうがいい。僕は戸野本晶に対してできることをやる、戸野本晶は西聡一にできることをしてやる。西聡一は別れた妻のためできることをする。話が早いとか遅いとか、能率の問題じゃないんです。そんなものを追求するなら誰も小説なんか読む必要はない」

私が言い終わるよりさきに店主は出入口のほうへ首をねじった。まもなく扉があいて、あれジュンちゃんは？　と男の声がした。いまちょっと用事に出てるのよ、飲んでけば？　と店主が応じると扉は閉まり、それっきりだった。私の言葉は宙に浮いた。ふたりとも黙るとまた定番のBGMが耳にとまった。クリスマスにわたしが欲しいのはあなただけという歌詞の曲が流れていた。

「ひさしぶりに歌う？」と店主が言った。「テレサテンの『別れの予感』いってみる？」

「誰がですか」

「あんたよ。それしか歌えないでしょう」

「それより、ひとつ話があるんです」と私は言った。「ずっと昔、西聡一が奥さんと出会った日のストーリーなんですが、興味ありませんか」

カラオケのリモコン装置を持ち出して入力ペンを持った店主が訊ねた。「その話、だれから聞いたのよ」

「だれからも聞きませんよ。一ヶ月前ここで西聡一が語った話に、語らなかった話をつなげてみたんです」

「飛行機の話ね？」

「ええ、落ちるとか落ちないとかいう物騒な予言の話です。聞いてみます？」

店主が入力ペンを置いて私のそばへ寄ってきた。

私は話した。

「西聡一がまだ二十代の青年だった時代の出来事です。彼がいまの会社に勤めはじめて何年か経った頃、福岡に出張する機会がありました。営業部の部長とふたりで、一泊二日の日程でした。出発の日、朝から天候が悪く、羽田を発つ便は遅れていました。彼らは搭乗口前のロビーで長く待たされました」

「ですます体じゃないほうがよくない？」と店主が話の腰を折った。

私は文末に注意して話を進めた。

「その三十分か、一時間かの待ち時間に、同行の部長の様子がおかしくなった。あとから考えれば、その日最初から部長の表情はさえなかったけれど、搭乗手続きを待っているときポケベルが鳴り、自宅に電話をかけに行ってまた戻ってくると明らかに様子が変わっていた。そわそわして視線が落ち着かなかった。貧血ではないかと心配になるほど顔から血の気がひいていた。ようやく搭乗の受付が始まったとき、西聡一は部長のこめかみにびっしり汗の粒がはりついているのを目にした。

彼らは乗客の列の最後尾について並んでいた。

『西君、やめよう』

と部長が突然言った。

『この飛行機に乗るのはやめよう』

西聡一が驚いていると、部長はこう説明した。

今朝、出がけに妻がこの出張はやめてくれと言い出した。理由もなく悪い予感がするから、福岡行きの飛行機に乗るのはやめてくれと袖をつかんで放さなかった。そこを振り切って出てきたのだが、さっきまた電話で、泣きながら懇願された。普段の妻は迷信深い女でもなく、そんな馬鹿げた物言いをする女じゃないのだと部長は強調した。西君、悪いことは言わない、この飛行機に乗るのはやめよう、出張は取りやめようと、うわごとのように繰り返した。西聡一は黙ってそのうわごとを聞いていた。

部長がその場を立ち去ったあと、お客さま、と空港係員に呼ばれて西聡一はわれにかえった。いつのまにか乗客の長い列は搭乗口のさきへと進んでいた。こちら側に残っているのは数えるほどだった。そしてそのときになって初めて、すぐそばにひとり見知らぬ若い女が佇んでいるのに彼は気づいた。それがのちに彼の妻となる女性だった。目を合わせると、彼女は睨みつけるようにまっすぐ見返してきた。おなじ飛行機の乗客に違いなかった。いまの部長のうわごとをこの女も聞いてしまったのだと西聡一は悟った。

『乗るんですか』と彼女は西聡一に訊ねた。

その質問にどう答えたか、時がたって西聡一は忘れてしまった。しかしその日、予定通りの便に乗ったからこそ、のちの西夫妻があるのは事実だった。福岡までのフライトを、フライトの耐え難く長い時間を、ふたりは隣り合った席で乗り切った。彼は百人一首の暗唱に心を集中させ、彼女は彼の唇のうごきを見守りながらその声に耳を傾けた。

それから一年後、ふたりの結婚披露宴には部長夫妻も出席した。部長の妻はその席で笑顔をふりまき、西聡一にむかって、可愛いお嫁さんね、いったいどこで見つけてきたのよ？　と遠慮のない声で訊ねた」

私は話を終えた。

「ふん」と店主が言った。

「どうです？」

「ほんとに部長夫妻を披露宴に招待したのかどうか、西さんに確認の必要はないの？」

「ありません」と私は答えた。「これが気に入らないなら別に三つ四つ話を用意してるんですよ。西聡一が子供のころ百人一首を暗記するにいたった経緯、西聡一が妻と別居後に出会ったガールフレンドとのエピソード」

「エンジンかかってきたじゃないの」

「なんでもないですよ、こんなの」私は新しい煙草をくわえてマッチを擦った。「次いきましょうか？」

「一曲ずつ歌ってからにしない？」と彼女が提案した。「あんたが『別れの予感』いって、あたしが『赤いスイートピー』いってから」

「だったら僕は『空港』いきますよ」

そのあたりでようやく電話がかかってきた。

無音の気配に反応した店主の腰が伸び、公衆電話のほうへ顔が向いた。私にはまったく感じ取れない気配だったが、ひとつ半数えるほどの間を置いて、電話のベルが鳴り始めた。カウンターの内側を店主が足音をたてて移動し受話器を取った。

「うん、そうなの。来てるのよ」

と店主はこちらに背中をむけて喋った。

「連絡先教えろって、うるさくて。言ったとおりでしょ。そんなことより、そっちはどう？　そう。どこもかわりばえしないね。うん。ぼちぼちでも、万事うまくいくといいね。あいかわらずよ。こっちもイブなんか関係ない。暇で暇で、いまから歌合戦やるとこだった。そうよ、歌うのよあれで、持ち歌少ないけど。うん、風邪はもうすっかり。あたしもむかしから体はじょうぶなんだけどね、年々気持ちのほうがね。そう。ありがとう。ううん、こっちは雨なんか降ってないけど」

私は煙草を消して待機していたが、電話を代わって貰えるまでまたしばらく時間がかかりそうだった。

10

十二月三十一日、午後三時半、大越よしえはアルバイト先のカフェの二階席にいた。窓のそばの小さな日溜まりのできたテーブルにスポーツ新聞をひろげて読んでいた。

一階で給仕の仕事につくのは五時からの予定なのでまだ私服だった。窓に背をむけて長椅子にすわり、常日頃持ち歩いているボストンバッグを脇に置き、短く畳んだマフラーをその上に載せていた。スポーツ新聞は時間つぶしなので特にどの競技の記事に目をこらすという読み方ではなく、星占い以外はほとんど見出しだけ見て読み飛ばした。

頁を一枚めくるごとに、スポーツ新聞はばさばさと気ぜわしい音をたてた。その音がいつになく意識され、左から右へ一枚めくると彼女は真ん中の折り目と隅のほうをてのひらで何度も撫でた。いまにも飛び立とうとする鳥をなだめ、機嫌を整えてやるかのように、その動作を繰り返した。

最終面までたどりつくと、もういちど一面を表に返し、指のかかった頁を適当にひらいた。プロ野球のストーブリーグの話題から、正月料金の温泉宿の広告へ、前日おこなわれた競輪グランプリの結果へと彼女は頁を繰った。次の一枚をめくると女性のヌード写真と漫画が目に入ったので前の頁へ戻した。階段をのぼってくる足音が聞こえた。革靴が板張りの足場を踏みしめる音だった。そのとき時計を見るとちょうど三時半だった。

男がひとり現れて、迷わず彼女のほうへ視線をむけた。

いくつかのテーブルを見渡して確認する必要もなかった。二階席はもともと、大人数の予約を除けば、下でさばききれない客を押し込むための予備の部屋として使われていたので、その日その時刻、階段の上がり口には準備中の札がかかっていた。店側の予測では、客が立て込むのは大越よしえが仕事着にエプロンを巻き、掃除をすませてからになるはずだった。

男は灰色と緑色を混ぜたようなくすんだ色合いのコートを着込んでいた。千円札何枚かで買えそうなコートだった。美しくない色の服は全部安物だという判定基準を持っていたので、彼女はそのときもそう思った。

「あの」とそばに立って男が声をかけた。「大越さんですか?」

そうだとも違うとも彼女は答えず、ひらいていたスポーツ新聞の折り目を撫で、それから二つに畳み、さらに四つ折りにしてテーブルの端に置き直した。

男は立ったままその様子を見ていた。返事を貰うまで愚鈍に待ちつづけるかのようだった。一階で案内を乞うて階段をのぼって来たのだから、このあたしがだれかはわかっているはずなのに、この西という男は、と大越よしえはじれったさをおぼえた。

「はなのいろはうつりにけりな」

最初に彼女はそう言った。喉がつぶれたようながらがら声で、男を見上げてそれだけ言い、黙った。

「え?」と男の口は半開きになった。

「花のいろはうつりにけりないたづらに」と彼女が抑揚をつけずもう五音先まで進み、そこでやっと男は機転をきかすことができた。

「わがみよにふるながめせしまに」と彼は応えた。

「由良のとを」

「渡る舟人かぢをたえ行方もしらぬ恋のみちかな」

「西さんね？」と彼女は言った。

「そうです」彼は訳のわからないまま頰を緩めた。「あなたは大越よしえさんですね？」

「そうよ」彼女は表情を変えなかった。「あたしが大越よしえ。すわって」

西聡一はすわる前に彼女と向かい合いコートを脱ぐためしばし時間を取った。

窓越しに十字路の一角を視野にとらえることができた。人の往来はさほど多くなかった。たったいまそこを歩いてきたので、先月実弾によって樹皮を抉られたアカシアの幹に看板がくくりつけてあるのも彼は知っていた。看板には「拳銃一一〇番」の文字が大書されていた。「拳銃を見た、拳銃を持っている人を知っている、という方はすぐに警察に通報しましょう」と呼びかけていた。

西聡一は手ぶらだった。コートのポケットに離婚届を忍ばせているだけで、帰省の荷物は、このあと四時八分または五時八分発の電車で博多へ帰るつもりだったのでJR駅のコインロッカーに預けてあった。脱いだコートをポケットが上にくるようざっと畳むと、彼は大越よしえの向かいの席に腰をおろした。コートの下には濁った色のセーターを着ていた。

「用件に入るまえにひとつ聞いておきたいんだけど」と大越よしえが口をひらいた。

「はい」彼は膝に手を置いてかしこまった。

「あのひととはどんな知り合いなの」

「ああそれは」と言って彼は咳払いをした。とうぜん夫のことを差しているのだと思ったのでこう続けた。「僕たちは知り合いというわけではありません。大越さんのご主人と直接おめにかかったことは一度もなくて、僕の別れた妻が、大越さんのご主人と一緒に暮らしてるんです。内縁関係というんですか。もうかなり前から。それで今回僕がこのような役目を」

大越よしえは首を一振りした。

「その話はいいわ。むこうとも電話して要点はつかめてるから。それより、あたしがここでバイトしてるのを教えてくれたひとがいるよね？」

「戸野本さんのことですか」と西聡一は頭を切り替えた。「戸野本さんなら、初めてこの町に来たとき偶然知り合いました。大越さんもあの晩ここで働いてたんじゃないですか？　もしその現場に居合わせたんですよ。あの発砲事件のあった晩、彼女も僕もすぐそこの現場に居合わせたんですよ。もしそうなら、三人とも近くにいたことになる」

大越よしえは片方の腕を胴に巻きつけるようにして脇腹のあたりをつかみ、もう一方の手を軽く頬にあてた。そのポーズをとるまでに五秒ほどかけた。

「そういえば」と彼は言った。「発砲事件の犯人、まだ逃げてるみたいですね」

「戸野本さんて誰よ」と彼女は言った。

西聡一はコートのポケットに潜らせていた指先で封筒をつまみ出し、それをテーブルの上に置いた。

「戸野本さん、知らないんですか」

「知らない、そんな人間」

彼女の視線はテーブルの封筒に向けられていた。

「じゃあ誰のことを言ってるんです」

と西聡一は反対に訊ね、封筒に手を添えて彼女のほうへ近づけた。彼女がそれをつかみ、何も書かれていない封筒の裏表をいったん確認した。

「あたしが言ってるのは男、五十過ぎの」中から離婚届の用紙を引っぱり出して封筒を脇にやった。「この町に住んでる小説家のこと」

それから彼女はA3の届出用紙を手もとにひろげて視線を落とした。西聡一には返答のしようがなかった。

「知らない？」

「ええ知りません」と西聡一は答えた。

「ほんとに？」彼女は顔を伏せたまま訊ねた。

「ええ誰のことかわかりません」

「ならいい」彼女は目をあげて西聡一を見た。「なにか飲む？」

西聡一は腕時計に目を走らせ、首を振った。

「いえ電車の時間がありますから」

「何時の」

「四時八分」

こんどは大越よしえが手首を返して腕時計を見た。

「走れば間に合うかもね」と彼女は言い、初めて笑顔を見せた。目もと口もとの表情がゆたかで、声質に似合わない愛嬌が出た。「次は？　一時間後？」

「ええ」

「それにしたら？」

「万年筆、ありますか」

「ない。これ持って、今日中に東京に帰るの？」

「いえ」

「じゃあ正月は博多のお母さんの家？」

「ええ」

と自然に答えたあと、西聡一は目に疑問の色を浮かべた。しかし大越よしえの次のつぶやきで疑問は宙吊りになった。

「西さんといっしょに電車に乗っちゃおうかな」

ふたりともしばらく口をとざした。

西聡一は彼女のボストンバッグに目をやり、そのあと窓の外の日差しの陰った空を見た。大越よしえはシートの背にもたれて西聡一の頭越しに遠目の視線を投げていた。そっちには従業員専用のプレートの貼られた更衣室のドアと、あと無人の調理場があった。彼女の片手はまた脇腹へ回され上着の生地をつかんでいた。もう一方の手の指先は顳顬《こめかみ》あたりに触れていた。

「迷ってるのよ」と大越よしえが唐突に言い、溜息をついた。

「迷ってる、というと？」と西聡一は訊いた。

「ほんとのことというとね」背もたれから離れて、上着の前を整え、彼女は相手の目を見て喋った。「いまごろ鹿児島にいるはずだったの。鹿児島で働いてるおかまの友達が、あたしにぴったりのお店があるからって呼んでくれて。こないだまでその気だったから、もう部屋も引き払ってしまって、今夜泊まるところもない」

「お店というのは、ダンスホールですか」西聡一は横を向いてコートのポケットの奥を探り、ボールペンをつかみ出した。

「ダンスホールじゃないけどダンスもできる。もし酔っぱらった客がジルバのステップを思い出せば。この町にあった『日光』は知ってる？」

「ええ名前だけ」彼はボールペンの軸を回してペン先を出した。

「あんな店はもう流行らないのよ」

「実際の店のことは知らないんです」

「踊り場はぜんぶ板張りだったのよ、桜の木の。床にワックスがけするのも仕事のうちだったの。Ｐタイルだったよね？　とか言った人間がいるけど、Ｐタイルなもんですか、小学校の廊下じゃあるまいし。広さはまあ、学校の教室よりましなくらいだったにしても」

「Ｐタイルって？」と彼はそのボールペンを相手に差し出した。

「それはあの男が言ったのよ、こないだここに来たとき」

「ああそうだ」相手が自然にボールペンを受け取ったあとで、西聡一はひとつ用事を思い出した。「メッセージがあるんです。福岡のお友達から」

「誰？」

「一緒にマンションで暮らしてた女性」

「その話もいいわ」と大越よしえは一蹴した。そしてまた喋った。「実はね、ひと月ほど前、友達がひとり病気で亡くなったの。赤の他人に聞かせる話じゃないんだけど、亡くなるまで、あたしはそのひとの看病してた。『日光』で働いてたときよくしてもらった憶えがあるから、ちょっとは恩返しになるかと思って、病院にも毎日通ってあれこれ面倒見た。でも寿命がつきて死んじゃった。水曜まで持てばいいほうでしょうとか医者が花の命みたいな予言して、そのとおり、水曜の夜にすっと花が萎むみたいに死んじゃった。それでね、そんなことがあって、年末から鹿児島のお店を手伝う予定でいたの、この町にいる理由も特になくなったわけだし。先週まではそのつもりだったんだけど、人生ってわからないよね。こないだ、イブの晩にあの男がここに来て、それですっかり調子が狂っちゃって」

「誰のことですか」と西聡一は話の接《つ》ぎ穂に訊ねた。

「死んだ友達？」と大越よしえが訊き返した。

「いいえ、あの男」

「小説書いてる男よ。さっきから言ってるじゃない」

大越よしえは離婚届にむかいボールペンを構えた。

「今日初めて会ったひとに聞かせる話じゃないけど」と繰り返したのち、一字一字丁寧に、しかし迷わずに記入を済ませた。

「亡くなられたのは、護国寺さんというかたですね」と西聡一は言った。

「その話、誰に聞いたの」彼女は離婚届から目を上げた。

「戸野本さんからですけど」と彼は答えた。「ああでも、戸野本さんはあのママさんから聞いたのかもしれない、ワーズという店の」

彼女は無言でボールペンを返してよこした。彼はそれをコートのポケットに几帳面に戻した。

「飲み物は？　ビール？」と彼女が言った。

「ハンコをお願いできますか」

彼女はやはり無言でボストンバッグの口を押し広げ、中から幾つかの小物を取り出し、また幾つかを引っ込める作業に移った。やがてテーブルの上に煙草とライターとポケットティッシュと印鑑のケースがならべて置かれた。そのうちまずメンソール煙草を一本つまんで口にくわえライターに指をかけた。点きの悪い使い捨てライターで、三回石をこすってもまだ点火しなかった。

「ねえ聞いて」と彼女が苛立ちを抑えこんで西聡一を見た。「東京の大学生が親もとから受け取る仕送り、金額がいくらぐらいか知ってる？　月に十万円が平均だというんだけど、本当？」

「そのくらいでしょうね、たぶん」

「じゃあやっぱり月十万円で暮らしてるわけね、彼らは」大越よしえはなぜか悔しげな溜息をついた。「その事実をネットかなにかで調べたのよ、あの男。それで自信満々にあたしにこう言った。そのことを知って、僕はなんだか勇気づけられた。というのも、ずっと前から気づいてたことなんだけど、年を取ってからの僕の生活は、大学時代の生活とまったく変わらないからだ。本を読むこと、文章を書くこと、それが中心。中心以外、ほかは特にない。本当にほかは特になくて一日一日が過ぎる。家賃は三万五千円、金がかかるのはあとは食費、光熱費、そのくらい。東京の大学生なら、遊びたい盛りだし、不足のデート代をバイトで稼ぐ必要があるかもしれない、未来への投資として、無駄遣いも多少は必要かもしれない。でも僕は、もう余分な金は要らない。結婚してたときは大きな声では言えなかったけど、いまはひとりだから言える。金は必要じゃない。年間百二十万。そう百二十万もあればやっていける。東京の大学生がそれで一年暮らしてるんだから、僕がこの町で暮らせない理由はない。要は、大学生ふうに暮らしていけばいいんだ。簡単なことだ。僕はいままで通りの毎日を生きればいい。読書をして、小説を書く。月十万円くらいなら、親から仕送りを受けなくても、自分の手で稼げる」

そこで言葉が途切れたので、西聡一はとりあえず訊ねた。

「月十万、小説の原稿料で？」

「うん。どう思う？」

「どう思うと言われても」と西聡一は言った。「原稿料が一枚いくらかも僕は知らないし」

「金は必要じゃない。それって、どこまで本気だと思う？」

「さあ」

　と気のない返事を受けて、大越よしえは煙草をくわえなおし、握りしめていたライターを近づけた。こんどは三回こすったところで炎があがった。彼女は唇をすぼめて煙を吐いた。

「本読むことと、書くことだけで、どうやって生きていくのよ。大学生のときどんな暮らしだったかは知らないけど、あたしが会った頃は、けっこう儲かってて、そこまで地味な暮らしじゃなかったのよ。護国寺さんの話じゃ来るもの拒まず、飽きたらポイで、ずいぶんひどい仕打ちもして、あとはあの女が日記をつけていないことを祈るみたいな、真実味の欠けた男だったのよ。いくら年取ったたって性欲だってあるし、いまも競輪だってやってるし。学生と違って介護保険料だって払わなきゃいけない。本気なわけないよね？　話だけ聞いてると、ぜんぜん本気に思えない」

「はあ」とだけ西聡一が答えると、長い間ができた。大越よしえが席を立ち、大股で調理場のほうへ歩いて仕切りのカウンターの上から灰皿を取って戻ってきた。立ちあがると背の高い女だった。

「飲み物は？　コーヒー？」と彼女が言い、彼は首を振った。

「そのひとと、大越さんはどんな知り合いなんですか」

「大昔、あたしがまだ若くてきれいで東京に行く前、一晩だけ彼の部屋に泊めてもらったことがある。泊まったといっても、明け方、三時間くらいいさせてもらって帰ったんだけど。身を隠さなきゃいけない事情が持ち上がってね、そのとき護国寺さんが世話焼いてくれて、安全なとこ手配して運んでやるから、それまで俺のつれの家にいさせてもらえって、夜中に電話かけて叩き起こしてくれた。あのひとも黙って一晩泊めてくれた。初対面だったのよ。部屋にいたのは三時間か四時間かそのくらいだったけど、あたしは恩は一生忘れないと思ってた。ところが、むこうはあたしの顔も名前もものみごとに忘れてた。明け方にね、お握りと味噌汁つくって食べたの、ふたりで、護国寺さんから連絡待ってるあいだに。その話をしたら、あのひとやっと記憶がよみがえって、そうか、きみがあのときシャモジ溶かした女の子か、だって」

「シャモジ溶かしたって？」

「不注意でよ。ガス台のそばにシャモジ差した炊飯器を置いてたんじゃない？　それで味噌汁つくってるとき、プラスティックのシャモジだから熱で溶けちゃったの。あのひと、あたしのこと、シャモジ溶かした女の子だって、それしか思い出せなかった。あのひとの中で、あたしは一生シャモジ溶かした女の子で終わると思う」

「そうなんですか」と西聡一は相槌を打ち、相手の手もとにある印鑑ケースに目をやり、先をうながした。「イブの晩にその話をして、調子が狂ったわけですね」

「それは違う。また別の話」

灰が長くなった煙草は灰皿の中で自然に消えていた。大越よしえは長椅子にもたれて、またさきほどとおなじ姿勢を取った。左腕は乳房の下あたりに水平に置かれていた。右肘は折れて指先は顳顬に触れていた。

「聞く？」と彼女は訊いてきた。

「いや」と西聡一は答え、相手の真顔を見てすぐ気を変えた。「ええ。でも、その前にハンコをお願いできますか」

「あのひと、ここで西さんの話をした。大晦日の午後、男が駅から歩いてきみを訪ねてくる。きみというのはあたしで、その男の名前が西聡一ね」

「すいません」と西聡一は聞き返した。相手のいま言ったことが十のうち十理解できなかったので、もう一回言ってもらうしかなかった。

大越よしえは話そうと決めてしまったようだった。

「つまり今日の話をして帰ったわけ。いまのこの話、というべき？」

「つまりそのひとが」と西聡一はもどかしげに疑問を口にした。「大越さんに僕の話をして帰ったんですか」

「うん」

「どうして僕の話ができるんですか。知り合いでもないのに」

「そこよ」大越よしえは顳顬にあてていた手を下げて、腕組みをした。「あたしもそこは気になる。でも問題はそこじゃない。いささか心を病んでるのよ、あたしの見たところ。あのひとのことはあんまり気にしないほうがいい」

「はあ」と曖昧な声を出して彼は少し考えた。「そのひとはひょっとして、戸野本さんの知り合いでしょうか」

「だから戸野本さんをあたしは知らないんだって。続き、聞く？」

「ええ」

「あのひとはこう言った。大晦日の午後、きみがテーブルを拭いたり床にモップをかけたりしている頃、男が階段を上ってくる。四十歳くらいの、ユニクロの防寒コートを着た男だ。大越さんですね？　と彼はいう。ゆうべ電話でいちど話しているから相手が誰かきみにはわかっている。モップに両手を添えたまままきみは微笑んで、挨拶代わりに百人一首の上の句をつぶやく。すると男がすらすら下の句をとなえる。西さんね？　ときみは言い、それからテーブルに移って用件に入る。男はポケットから離婚届を取り出して、きみの前に置く。きみは伝票用のボールペンで記入を終え、文句ひとついわずハンコをついて、男に返す。用件はそれでおしまい。帰りの電車は何時？　ときみはいう。五時八分と男が答える。時間はまだある。コーヒーでも飲んでく？　ええ。きみは調理場へ立ち、サイフォンでコーヒーをいれてやる。そして時間が来るまでふたりで話をする。別れた奥さん、赤ちゃんが産まれるんだって？　ときみはいう。はい、出産予定日は一月一日らしいです、と男はいう。……そういえば、予定日はあしたじゃない？」

西聡一は眉間に深い皺を寄せていた。

「なんですかいまの話」

「あのひとがそんなふうに語ったのよ」

「未来の予言？」

「ちがうちがう」

と大越よしえは相手を落ち着かせた。「そうじゃないの。そんなに役に立つもんじゃなくて、どちらかといえば小説ふう？」

「でも」と西聡一はこだわった。「僕のコートはユニクロですけど」

「うん、それはわかるけど。でも予言なんかじゃない」大越よしえは言い聞かせた。「調理場にはサイフォンなんて置いてないし、この店ドリップ式だから」

「しかしさっき、百人一首を」

「あれは悪ふざけ。ねえ予定日あしたじゃなかった?」

その質問に西聡一が答える態勢をとったところで、こんどは大越よしえが眉をひそめ、質問を重ねた。

「なんの音? 携帯?」

「すいません」と彼は断ってズボンのポケットで震えていた携帯を取り出した。東京にいる子持ちのガールフレンドからのメールの着信だった。もう実家に着いた頃かな? と始まる他愛ない内容だった。最終行まで目を通すあいだに、大越よしえが腕組みを解き、印鑑ケースに手をのばした。

西聡一は上目づかいで相手が印鑑を取り出すところを確認しながらまずこう言った。

「話のなかでメールは届きませんよね」

「うん?」

「そのひとが語った話のなかでも、僕にメールが来るんですか?」

大越よしえは首を振り振り苦笑した。

「まさか、ですよね」

「うん」

「赤ん坊、産まれたみたいです」

「あら」と彼女は言い、印鑑を朱肉につけた。「あのひとの話のなかでもゆうべ産まれてるのよ」

「今朝まだ暗いうちに」彼は携帯を畳んでポケットにしまった。

「どっち」朱肉のついた面を見て、彼女は口を大きくひらき、息を吐きかけた。「これは話のなかでもあたしが訊くんだけど、女の子ですって西聡一は答える」

「女の子です」と西聡一は答えた。「二九九〇グラムだそうです。今日こっちへ発つまえに、別れた妻が自分で電話してきました」

「グラム数まではね、話には出てこない」大越よしえはスポーツ新聞を下敷きにして離婚届のしかるべき欄に狙いをさだめると両手で押さえつけた。「じゃあ、これでめでたしめでたし。家族三人幸せになればいい」

「はあ、でも」と西聡一は言った。

「なによ」

「民法のことは話に出てませんか？」

「みんぽう？」

「それがそう簡単には、家族になれないみたいです。赤ん坊の父親に関してうるさい規定があるらしくて、民法に」

ティッシュで余分な朱肉を拭き取られた印鑑がケースに戻された。

「婚姻中に妊娠した子は夫の子と推定される、そういう条文があるらしいんです。僕たちが離婚したのは五月で、妻が妊娠したのはそれ以前ですから、民法上、今朝産まれた赤ん坊の父親と推定されるのは僕になりますよね」

「条文に書いてあるんならそうじゃない」

「でも推定されるって、誰が推定するんでしょう」

「だれでもいいけどさ」

大越よしえはこの話題への深入りを嫌った。

「そっちの奥さんも、うちのも、手続き踏まずに好きなことやって赤ちゃんまで作ったんだから、ちょっとくらい面倒抱え込んでもだれにも文句は言えないんじゃない？」

「そうですね」

「まだ時間ある？　飲み物は？」

「じゃあコーヒーを」

あてがはずれたのか、しばしためらう様子をみせ、大越よしえは席を立って調理場のほうへ歩いた。

立ち上がると背の高い女だった。贅肉には縁のなさそうな体型で、男が身につけても不思議ではないツイードの上着にチノパンという中性的な服装が似合っていた。かといって身のこなしや大股の歩き方が中性的に映るわけではなく、ぎすぎすした印象からも遠かった。化粧がいくらかぞんざいで「くろかみのみだれてけさはものをこそ思へ」という一首を連想させる風情をたたえていたのは、眉はきっちり描いていたが瞼が寝足りないときのように腫れぼったいせいかもしれなかった。しかしもっと若い時代は、さぞかし長身の映える美しい女だったに相違ない、がらがら声を別にすれば、と西聡一は思い、彼女がひとことも触れようとしない彼女の夫のことに頭を向け、大越よしえと自分が別れた妻と、ふたりの女のあいだに共通点があるのかどうか考えてみた。少なくとも見かけ上は一点も思いつかなかった。いま交際しているガールフレンドのほうが背の高さという点でむしろ似通っている気がした。

大越よしえは調理場には入らず、従業員専用の扉をあけて更衣室に入るとまもなく戻ってきた。その手に缶コーヒーを一本握っていた。

「さっきの話ですけど」と西聡一は缶コーヒーを素直に受け取り、飲み口を開けながら言った。缶の表面は熱くも冷たくもなかった。

「あのひとが語ったという話。あれで終わりじゃないですよね」

「ほぼ終わり」と大越よしえは言い、新しい煙草をくわえて、ライターを数回立て続けにこすって火を点けた。「どこまで行ったっけ」

「赤ちゃん産まれるんだって？　と大越さんが訊くところまで」

「そのあとはもう話したんじゃなかった？　民法がどうとか」

「それは僕が現実に話したんでしょう。彼の話のなかでは、おしまいのほうはどうなるんです？」

「そのあと時間がきて西聡一は帰るのよ」

西聡一は腕時計を見た。

「まだ時間はありますね」と彼は言い、一口二口ミルクコーヒーを喉にいれた。

「だって駅まで歩くんでしょ？」と大越よしえが言った。

「そうなんですか」と西聡一は言った。

「そうみたいよ。駅まで歩きたいからと言い残して帰っていくの。離婚届をユニクロのコートのポケットにしまって、四時半に。いま何時？」

「そろそろ四時半です」

大越よしえは指先で届出用紙のすみをつまんでいたが、しかしそれを折り畳んで封筒におさめる動作には移らなかった。西聡一に横顔を見せて頰をくぼませ、煙草を吸うとゆっくり煙を吐いた。煙の流れた方向に階段があり、上ってきた靴音が、上りきったところでいったん途切れた。お疲れさま、と大越よしえがそちらへ声をかけた。黒いシャツに黒いスカートに黒いエプロンをつけた年若い女が軽くお辞儀を返し、西聡一の背後を通り過ぎて更衣室に消えた。大越よしえは正面をむいて煙草をひねり消した。

「歩く？」と彼女は言った。

「どちらでも」と西聡一は言った。

「駅まで歩く途中で、東京にいるガールフレンドから電話がかかってくるのよ。男はちょっと迷って、電話に出る。どこなの？　と彼女はいう。いまいる場所を男は答える。これから電車に乗るところだよ。なにしてたの？　そんな遠い町になにか用事があったの？　と彼女はいう。うん、そのことできみに話しておきたいことがあるんだ、と男はいう。おしまい」

「そこでおしまい？」

「つづく、とあのひとは言った。そして人生はつづく」

「それはずるい」と西聡一は言った。

大越よしえは黙って離婚届けを折り畳みにかかった。

「そこまで話を聞いて、大越さんは鹿児島行きをのばしたんですか。僕が今日ここに来るのを待つために？」

「ちがう」と大越よしえは言った。「それはまた別」

西聡一は缶コーヒーを傾けてさっきより多めの量を喉に入れ、相手を見すえて、聞く姿勢をとった。相手の頬はほのかに赤らんでいるようで、さっきまで適温だった暖房がいまは効き過ぎのように自分でも感じられた。

「そっちは初めて会ったひとにする話じゃないの」と大越よしえは言った。そしてためらうことなくさきを喋った。「あのひと、ここで西さんの話をしたあと、お金を置いて帰った。百万円の束を四つ。護国寺さんから融通してもらったお金らしい。どんな経緯があったのかは知らない。あたしは知らないけど、でも護国寺さんは、昔からあのひとだけは特別扱いで信用してたし、可愛がってもいた。ふたりのあいだに大金の貸し借りがあったとしても、いまさら驚くような話じゃないかもしれない。小説書くしか能のない男が、書けなくなってどこかに引き籠ってる、引き籠ったまま野垂れ死んでしまうんじゃないかって、病院のベッドの上でも気にかけてたくらいだから、もしかしたら護国寺さんは、お金なんかくれてやっても惜しくないって、そのつもりであのひとに渡したのかもしれない。それはあたしにはわからない。まあ本人が借りてたと言うんだから借りてたんでしょう。死人に口なし、生きてるほうの言葉を信じるしかない。そのお金、自分がこのまま持ってるわけにいかないからって、イブの晩、ここに置いて帰った。四百万は大金よね？」

「ええ」

「言いたいことわかる？」

「いいえ」

「まんざら嘘じゃないのかもしれない。あの男は本気で、金は必要じゃないと言ってるのかもしれない」

彼女の手で折り畳まれ封筒におさめられた離婚届が西聡一の手に渡った。彼はそれを横のコートのポケットに差し入れた。

「昔の友達はみんな年とって死んじゃうか、心を病んでしまう」と大越よしえが嘆いた。

「でも、それは」と西聡一は口ごもった。

「なに」

「そのひとが、お金を置いて帰ったってことは」

「なによ」

「もしかしたら、心はもう病んでいないのかもしれない。本気で、一ヶ月十万円の原稿料を稼ぐ算段をつけてるのかもしれない。会ったこともない他人の、つまり僕の、未来の話をでっちあげるくらいだから、それは、なんていうか、小説家として復活のしるしじゃないですか？」

「そう思う？」

「いちおう。想像ですけど」

「できればもう一回会って、顔見てから行こうと思ったんだけど、でも考えてみたら、あの男の連絡先わからないんだ。西さん、もちろん知らないよね？」

「ええ知りません」

「鹿児島行きはまたにするわ」と大越よしえは言い、ボストンバッグから取り出していた小物をてきぱきと戻し始めた。「なんかここで働いてれば、もう一回来そうな予感もするし」

「小説家が」

「うん、新しい話持って」

テーブルに残った四つ折りのスポーツ新聞に彼がぼんやり視線を落としているうち、大越よしえはボストンバッグをつかんで立ち上がった。スポーツ新聞の見出しには「吉岡引退」の文字があったが、吉岡がだれでどんな競技から引退するのか西聡一には想像がつかなかった。

「じゃあ」と大越よしえは言った。「あたしは着替えがあるから。西さんも歩くんなら急がないとね」

西聡一も腰を浮かした。ほかに別れの挨拶も思いつかないのでこう言った。

「いろいろお手間をとらせました」

「ぜんぜん」大越よしえはもう歩き出していた。「西聡一の本物に会えてよかったわ」

彼女が微笑んでその言葉を口にしたのかは振り向かないのでわからなかった。

更衣室のドアが閉まり、またすぐにひらいて、私服に着替えたさきほどの若い従業員が現れて西聡一と顔を見合わせた。

「よいお年を」とその女は西聡一に言い、お辞儀をしたまま小走りになって前を通り階段を降りていった。

まもなく音楽が聞こえてきた。誰かが、どこかにあるスイッチを操作したのか、眠っていた二階のスピーカーから女性ボーカルの英語の歌詞が流れてきた。umbrella、という単語が繰り返された。そう遠くない昔、いちど耳に止まったことのある曲に違いなかった。それがいつのことか記憶をつかみそこねた。

西聡一はそこに立ったまま考え事に時間をつぶした。これでぜんぶ用事は片づいたはずなのに、彼はそこから動かなかった。

時おり階段の下のほうから人の呼び交わす声や笑い声が伝わってきて、そちらへ意識が向くたび考え事は中途で飛び、細切れになった。記入の完了した離婚届を別れた妻に渡す手はずのことを考えた。戸野本晶に報告をかね世話になったと礼の電話をかけることを考えた。現在交際しているガールフレンドに別れた妻の出産のことを話すべきか、民法の条文の件をふくめ誤解を招かないうまい話し方があるかどうか考えた。しかし福岡の母や姉たちにはこの話は軽率にはできないしできるだけ隠しておくほうが身のためだと考えた。羽田で買い忘れた母のお気に入りの菓子の代わりに、駅の売店でなにか土産になるものを探していこう、五時八分の電車に乗るまえに、と考え、西聡一はコートをつかんで袖を通すと、更衣室のドアに目をやった。それが再びひらく気配はなかった。彼は大越よしえが口にした鹿児島行きのこと、ダンスホール「日光」のこと、小説家の話ではPタイルが敷かれ、彼女の話では、いや現実には、古びた桜材だった床のこと、護国寺さんの看病のこと、花が萎むような彼の死のことを切れ切れに考えた。

最後に腕時計に目をやって階段の降り口へ足をむけ、やはり駅までは歩こう、初めての町ではなく道順は頭に入っているし、戸野本晶に電話をかけて知人に小説家がいるかどうか訊ねるのは歩きながらでもできると考え、もしさきにガールフレンドからの電話が鳴らなければ、と仮定してすぐその考えを打ち消し、それから、しだいに団体の客でこみはじめた様子の、気ぜわしく賑やかな空気の支配する一階ホールへ階段を降りていった。

真心

私がこれからする話はべつだん耳新しいものではないと思う。ある人の、片思いの気持ちが、ある人に通じる。ひとことで言えばそういう話だ。毎日のように、世界のあちらこちらで生まれている、恋愛をめぐるエピソードのひとつに違いない。

耳新しくもなく特別でもない話を、あえて小説に書こうと思った理由は、それがたまたま私の目に止まったからである。本来なら私の知らないところで起こり、知らないまま時が過ぎてどこかに埋もれてしまっていたはずの出来事を、目撃する機会にめぐまれたからである。あるいはその偶然の機会は、もとをたどれば私自身が彼らのために用意した、とも言えるのかもしれない。いずれにしても、見たことを誰かに語りたいという欲求が私にあり、でもこの話は相手かまわずできる性質のものではなく、人物名をはじめとしていくつかの差し障りを含んでいるし、それらの事実はひとまず伏せて小説に書くのが穏当のように思えるからである。

その日——去年の秋の終わりがけの話だが、私は電話で鰻重《うなじゅう》の出前を頼んだ。夕方五時をまわった頃だったと思う。聞き覚えのある濁った女の声が出て、うちはもともと配達はやっていませんが、と渋ってみせた。でも以前に何度か持ってきて貰ったことがあるのです、と私がねばると、じゃあちょっと待ってくださいと相手が答えて電話のそばを離れた。普段のなりゆきである。そうやって数分待たされ、不機嫌な女の声が戻ってくると、ご注文は？　といきなり訊《き》く。それが春頃からの習慣で、月に一度か二度、まともな鰻が食べたくなると私はその店に電話をかけることにしていた。

配達には一時間ほどかかる。重箱をひとつ、盆にも載せずに両手で持ち、肝吸を入れた水筒を肩から提げて、中年の男が来る。私とだいたい同年輩だろう。台所で吸物をお椀に移し、玄関口で水筒と、それから前回のぶんの空の重箱を返して代金を払う。釣りの小銭を男は持っていたためしがないので、三千円渡して、いいよ、とっといて、と私が言うことになる。最初の電話で無理を言って出前をしてもらったとき、つい、そういう支払い方をしたので、以来それが習慣になった。どうも、とだけ男は答えて紙幣をズボンのポケットにねじこみ、重箱はまたこんどのときでいいですから、と挨拶して帰る。そういうやり方が春から十回以上繰り返されて、もう定着していたと思う。

ところがその晩、異変が起きた。

一時間以上待っても男は配達に現れなかった。七時まで辛抱して待ち、私は催促の電話をかけた。いつもの女性ではなく若い声が出て、急いだ口ぶりで、すいません、事故が起きましたので、と告げた。そう聞いた瞬間は、私はその事故を、鰻を裂いたり焼いたりする工程での何らかの事故、という意味に取った。よくはわからないけれど、職人が魔がさして焼き加減を見誤ったとか、初代から伝わっているたれの壺を割ってしまったとか、鰻屋の事故とはそういうものだろう。もちろんそうではなかった。事故とは交通事故の意味で、若旦那さんが大怪我で病院に運ばれたのでいま取り込みちゅうですと従業員は説明した。若旦那さんというのがいつも配達に来る中年の男のことらしかった。要するに、私の注文した鰻重を配達する途中、不運な衝突事故に遭ったのだ。

私に鰻重を配達する途中の道で交通事故に遭った男を、私は病院に見舞うべきかどうか大いに迷った。

見舞う必要はないという理由のほうが初めは優勢だった。だいいち事故は私のせいで起こったわけではない。私はただ鰻が食べたかっただけで、何のミスも犯していない。電話で鰻屋に鰻重を頼んだのに、配達中に事故が起き、鰻重は届かなかった。でも私はそのことで誰にも文句は言わない。事情が事情だから、黙って諦《あきら》めるしかない。私もいわば被害をこうむった側のひとりなのだ。

ましてや男と私とは私的には何のつながりもない。名前すら知らない。事故のニュースは翌日、全国紙のローカル版に載った。四台の車がからんだ事故ということで、最初の一台が無理に車線変更しようとしたのが玉突きの原因のようだった。不幸中の幸いというべきか、死者は出ていない。記事に名前は見えなかったが、バイクを運転していた市内の男性(47)が一カ月の重傷、とあるのが彼のことのようだった。

私は新聞の記事を切り抜き、二週間ほど取っておいた。で、その切り抜きが目に止まるたびに迷った。

私はただ鰻が食べたかっただけだ。鰻重を頼んだ私に落度はない。でも、私が鰻屋に電話をかけなければ、彼はバイクで配達に出なかっただろう。しかも「うちはもともと配達はやっていない」というところを無理を言って、ねばって、肝吸まで付けて貰うように交渉したのは私である。やはりどうしても、すこし寝覚めが悪かった。全部がぜんぶ私のせいではないにしても、いくらかは、たとえば一回見舞いに顔を出す義理のあるくらいには、私にも責任の一端はあるのではないだろうか。

結局、二週間して私は病院に丹下君《たんげ》を見舞うことにした。

丹下真琴《まこと》というのがバイクで事故に遭った男、つまり鰻屋の若旦那の名前で、「丹下君」といま急に気安く呼ぶのは、彼が私と同じ高校を出た後輩であることを、病院で本人と話してみて知ったからである。

外科病棟の三階でエレベーターを降りて訊《たず》ねてみると、「丹下さんならいま面会室のほうに」と言って看護師が手のひらで指し示してくれた。面会室といってもドアがあるわけではなく、廊下とのあいだを、高さが一メートル弱の、頭部がマガジンラックになっている木の棚で仕切られた部屋のことだった。そこに長方形や正方形のテーブルが五つ六つ置いてある。午後三時。壁の一面に大きく窓が切ってあるので晴れていれば明るい日差しが降りそそいでいたに違いないが、外はあいにくの暗い雲、冷たい冬の雨で、そのせいなのかたまたまなのか面会室は閑散としていた。私が中を覗《のぞ》いた時点で、椅子に腰かけているのは丹下君ともう一人だけしかいなかった。

私は仕切り棚のそばに立ち、窓際の、ふたりが向かい合ったテーブルをちょっと眺めていた。たぶん十秒かそこらだったと思う。丹下君は窓を背に、こちらに顔をむけてすわっていたが私には気づかなかった。もう一人は、女性で、私には背中しか見えなかったが、その十秒ほどのあいだにふいに席を立ち、私のほうへ歩いて来た。

私は一歩だけ脇へひき、彼女を通した。それからまたちょっと後姿を見送ったあと、丹下君のほうへ近づいてゆき、挨拶をした。

丹下君は最初、ぼんやりしていた。私の挨拶が聞こえたのか聞こえないのか、曖昧《あいまい》な表情でうなずき、首をねじって窓越しに雨空を眺め、オイルヒーターの横に立てかけてあった松葉杖をつかみ、手もとに引き寄せると椅子から立ちあがろうとした。でもギプスに覆われた片脚がほんの数センチ浮いたところで、丹下君の腕の力は抜けた。抜けたのか、途中で諦めて力を抜いたのかは微妙な感じに見えた。まだ間に合うかもしれない。さきほどの泣いていた女性はまだエレベーターの前にいるかもしれなかった。追いかけて呼んでこようか？　と私は喉まで出かかるのを抑えた。

「すわってください」と丹下君が勧めた。「どうも、わざわざ来てもらって」

「いいのかな」と私は意味もなく訊ねた。

「いいんです。すわってください」と丹下君が答えた。

「ベッドに寝てなくてもだいじょうぶなんだね」

私は彼のむかいに腰をおろした。さきほどの女性がすわっていた席である。彼はまた松葉杖を背後に立てかけて置いた。

「はい、この左脚以外は、どこも悪いとこはないんです」

「それはよかった。もうじき退院できる？」

「たぶん、来週か、再来週には」

「じゃあまた鰻重を頼めるね」

「冗談ですよね？　バイクには、とうぶん乗れないと思いますけど」

「うん、冗談だ。無理はしないほうがいい」

私には彼と話すことがそれ以上思いつけなかった。あとはタイミングを見計らい、来る前にデパートで買ってきた四千円のマスクメロンを置いて帰るだけだ。

「それで、あの日は結局、どうしたんですか」

「あの日って、鰻の出前が届かなかった日？」

「ええ、晩飯《ばんめし》はどうしたんですか。困ったでしょう、店に電話をして、事故の知らせを聞いたあと。食べたかった鰻が届かないってわかって」

「確かピザを頼んだ」

「ピザ」

「何でもいいからとにかく食おうと思ってさ」

「鰻重のかわりにピザですか」

「うん、ピザを頼んだ」

「自炊はしないんですか」

「するよ。暇なときはね。でも朝から夕方までみっちり仕事して、それから、さあ米をとごう、という気にはなれないのでね」

「仕事って、小説を書いているんでしょう」

「で、鰻重やピザの出前を頼んで、届くまでバイオリンの稽古をするんでしょう？」

「そうだよ」

「ああ、そういうときもある」

「いつもひとりで」

「ひとりだよ」

私はこのやりとりが面倒に思えてきた。バイオリンの稽古というのは、私の住んでいる部屋はそれほど丈夫な作りではないのでドア越しに音が洩《も》れていたのだろうが、それにしても、私的なつながりのないはずの相手が実は私の職業まで知っている。予定より早めに見舞いのマスクメロンを置いて帰ろうかと私は思った。丹下真琴が続けて、大ざっぱな自己紹介を（同じ高校を出ていて後輩であること等）してくれたのはその直後のことである。彼は私の筆名を前々から知っていたとも述べた。小説は一冊も読んだことはないけれど。

「先輩はずっとひとりなんですか。誰か、心に思ってるひとでもいるんですか」

私はこの質問にただ眉をひそめた。

「いや、別に深い意味はないんですよ。僕もこの年になって独身ですし、ちょっと聞いてみただけで」

「あのね」私は試しにジョークを言ってみた。「もしかしていま口説かれているのかもしれないけど、不運なことに、僕はゲイじゃない」

「それは、とても残念ですね」

「冗談だよ」

「わかってます。ちょっと先輩に聞いて貰いたい話があるんです。その前によかったらコーラでも飲みませんか。喉が渇いた」

パジャマの上に重ね着したベストのポケットから小銭入れを取り出して、これで買ってきて貰えますか、という感じで手渡そうとする。私は片手で制して椅子を立ち、壁際の自動販売機で紙コップのコカコーラを一個買って戻った。どうも、と彼は言った。鰻重の出前の支払いの際、釣りはいいから、という私に返す言葉と同じどうも、である。本当に喉が渇いていたらしく、丹下君が二口ほどでそれを飲み終わるのを見守って、私は切り出した。

「さっきの女の人のことだね?」

すると丹下君は氷をぽりぽり嚙《か》み砕きながらうなずいて、こう言った。

「どこかで見た顔だったでしょう?」

「さっきの人?」

私はすれ違った女性の顔を思い描こうとした。が、ただ漠然と、中年のふっくらとした美しい顔、としか思い描けなかった。目に涙が溜まっていたのがいちばん印象的で、あとは曖昧《あいまい》でしかなかった。

「テレビで見おぼえがあるんじゃないですか」

「ないね」

「そうですか」

と丹下君がつぶやき、また氷をぽりぽりと嚙みくだいて、彼女は昔、地元のテレビ番組に出演していたので、われわれの年代のあいだでは顔が売れているのだと説明した。ではその彼女がなぜ君を見舞いに来てさっき泣いて帰ったのだ？　と私はできれば一足飛びに訊きたかった。

「同級生？」

「いや、むこうが年下です。もとはといえば、うちで働いてたんですよ。埋もれてたのを僕が発掘したんです」

「彼女は昔、鰻屋さんで働いてた」

「ええ」

「それを丹下君が発掘した。いつ頃の話？　それに発掘の意味もよくわからない」

「もう二十五年、いや三十年近く前ですよ」

と丹下君は言い、発掘の意味についても教えてくれた。

　この鰻屋の若旦那は高校、大学時代を通じて写真部に所属していた。写真部というのは、どういう部活をするものなのか私はよく知らないが、とにかくカメラに関する知識が豊富で撮影の腕前も確かな連中の集まりなのだろう。むろんデジカメではなくフィルムを使うほうのカメラである。大学のとき年に一度のコンクールに丹下君は「鰻屋」の写真を発表した。鰻を捌《さば》いたり焼いたりする職人の仕事を撮った何枚組かの写真で、その中に一枚だけ、鰻丼だか鰻重だかを盆に載せて運ぶ若い女を正面から撮ったものがまじっていた。それがさきほど見舞いにきていた中年女性の若いころの写真である。コンクールの取材に来ていた記者が作品全体よりもその一枚に目を止め、口コミで噂が伝わったのか、ある日テレビ局の人間が現れて丹下君に訊ねた。この女の子と連絡取りたいんだけど、どこへ行けば会えるのかな。

「それで鰻屋でバイトしてた女の子が一躍アイドルですよ。うちをやめて、しばらくしてテレビをつけたら司会者の横にアシスタントとしてすわってたんです。あとではリポーターもやったし天気予報もやるようになった」

「ふうん」

「現実に起こった話ですよ。ほんとに一時期、地元のアイドルだったんですよ」

「それでいまは？」

と私が訊ねると、丹下君は腕組みをして椅子の背によりかかり、私の目に視線をあてて、大いに不満そうな顔つきになった。

「ほんとに何も知らないんですか」

「さっきの女の人のこと？　ほんとに何も知らない」

「◎◎◎の社長の奥さんですよ」

丹下君の口にした「◎◎◎」とは私でも知っている地元の有力な企業名だった。たとえば観光客が利用するホテルや、リゾート施設や、交通機関はすべてこの企業の傘下にある。要するに、昔々、丹下君の実家の鰻屋でアルバイトしていた女の子が現在は地元の有力者の夫人なのだ。発掘、という言葉を彼が使った点についてもやや納得がいった。

「そうか」と私は感心した。「コンクールの写真がマスコミの目に止まって、テレビ番組に抜擢されて、今度はそのテレビ番組を見た誰かが、彼女をぜひとも妻にしたいと考えたわけだね」

「その通りです。つまり僕の撮った写真がすべてのはじまりなんです。高校卒業しても、ろくに就職すらできなかった娘がテレビに出て、人気が出て顔が売れて、結局、玉の輿《こし》に乗った。僕の写真が彼女の人生を大きく変えたとも言えるわけですよ」

「で、さっき彼女はその御礼に来てたの？」

私はコーラを飲むよりタバコが吸いたかったが、むろん外科病棟の面会室でいまどきタバコなど吸えるわけがなかった。

「地元の新聞に事故のニュースが大きく出て、僕の名前も載ったらしいんですよ」丹下真琴は私の軽口を受け流し、淡々と事実を答えた。「それでわざわざ見舞いに来てくれたんです」

「でも見舞いにしては」と言いかけて私は待った。見舞いにしては様子が変だったと当然言いたいのだが、言わなくても通じるはずだった。

「会うのは久しぶりなんですよ。何年か前に一回、僕の写真展にわざわざ来てくれたことがあって、そのとき挨拶ぐらいはしましたけど、でもふたりでゆっくり話したのは二十、何年ぶりだろう？　彼女がうちでバイトしてた頃、写真を撮らせてくれないかと僕が頼んだとき以来だから。さっき、そういう思い出話をしてたんです。そのうちに、どうも僕がひどいことを言ってしまったみたいで」

「彼女が泣いてしまうほどひどいことを」

「僕は、ただ写真のネガの話をしただけなんです。コンクールに応募した写真、彼女の顔がたまたま一枚写ってたみたいに聞こえたかもしれませんが、そうじゃないんです。そのときに撮影した写真も一枚だけじゃなくて、彼女が働いているところ以外にも、何ていうか、もっとプライベートな写真も、おたがい若かったですから、中にはふざけて撮った写真もあります。それで、もし彼女がいまもその写真のことを気にかけていて、つまり昔の弱みを握られているように感じて、僕の写真展に顔を出したり、今日みたいに見舞いに来てくれたりしているのならやめてほしいと言ったんです。僕はどんな写真も公表するつもりなんかない。心配ならネガを処分してもいい。信用できないならあなたにネガを渡してもいい。別にそれであなたを脅迫しようなんて考えたこともない。だから僕によくしてくれるのは有り難いけど、無理にこんなことをして貰わなくてもいい。あなたにはあなたの現在の立場というものがあるんだから」

「それを聞いて彼女は泣いたの？」

「そうです」

丹下真琴はうなずいて、真剣な目でこう続けた。

「なぜだかわかりますか。真心を踏みにじられたからです。彼女はずっと僕のことが好きだったんだそうです。店をやめてまったく会わなくなってからも、他の男と結婚したあとも、僕のことを思い続けていたんだそうです。あたしを見損なわないでほしい、と彼女は怒って言いました。でも言われるまで、僕はぜんぜん気づかなかったんですよ。特に彼女がテレビに出るようになってからは、もうまったく遠い存在に思えてたし、その後、地元の著名人の奥さんになったわけですからね。僕なんかの出る幕はない。彼女のことを自分の手のとどく相手として考えたこともなかった。反対に、昔を知ってる人間は煙たがられるだろうと遠慮したことはあったけど。でも今日、彼女の涙を見てたら、彼女の喋《しゃべ》ったことはぜんぶ事実に思えた」

「それが事実なら、ひどい話だね。彼女は自分が好きな相手から誤解され続けてきた、若い頃から、長いあいだ」

「そう思いますか」

「事実ならね」

「嘘かもしれない？」

「それは僕にはわからないよ。その若気の至りで撮った写真、いままでネガを渡してほしいと一度でも言われたことがあるの？」

「ないですね」丹下真琴は言下に否定した。

「だったら、彼女は丹下君のことを信用してたのかもしれないね。それとも写真のネガのことなんかもともと気にしてなかったのかもしれない。そのとき撮った写真は、二十何年間、ただふたりの思い出として彼女の胸にあったのかもしれない」

「ええ」

「そういうことならざらにあると思う」

「やっぱり、そう思いますか」

「少なくともあり得ないことじゃない。こんな人目のある場所で、涙が堪《こら》えられないのはよっぽど悔しかったんじゃないか？」

「そう思いますか」

丹下君の声には力がなかった。ただ、表情を見ると悲しそうでもなく、私の喋ったことに打撃を受けたという感じでもなかった。私は彼が私に喋ってほしいと思うことを喋ってやっただけなのかもしれなかった。

「なぜ今日まで彼女の気持に気づかなかったんだろうね」

「なぜなのかな」と丹下真琴は嘆いた。「もしほんとなら、ひどくもったいないことをしてますよね。彼女の気持を何年も何年も、無にしてしまっている。もういまさら彼女の真心に気づいても手遅れですよね」

手遅れか、まだ間に合うかは本人に訊いてみないとわからないだろう。でも私はそこまでていねいに相手の期待に沿う答えを返すのが億劫《おっくう》で、しばらく黙っていた。丹下君もそれ以上は質問してこなかった。結局、私はもう一回椅子を立ってコカコーラを買うことにした。戻ってそれを丹下君に勧めてから、隣の椅子に置いていた紙袋をテーブルの上に取り出してみせた。話は変わるけど、お見舞いにメロンを買ってきたのだと言うと、二杯目のコカコーラを飲んでいた丹下君は紙袋にちらりと目をやり、ああどうも、とだけ返事をした。

それから何週間かが過ぎて、新年が明けた。

ある日の夕方、鰻屋に電話をかけてみると、聞き覚えのある嗄《しやが》れた声の女性が出て、うちは出前はやっていませんよ、と断言した。以前に何度か来てもらったことがある、とねばってみたのだが無駄だった。じゃあちょっと待ってください、いま息子に相談してみますから、という台詞《せりふ》はとうとう聞けなかった。電話が切れる前に、ところで息子さんはお元気ですか、とよっぽど訊ねてみようかと思ったのだが、気が引けてできなかった。

それからまたしばらくして、例の社長夫人の失踪の噂が伝わってきた。噂というより衝撃的なニュースである。地元の人間なら誰でも知っている名家を巻き込んでのスキャンダルだから、人々の口から口へと噂はあっという間に街じゅうを走り抜ける。私はその話を、週に一回通っているバイオリン教室の仲間から聞いた。練習後の、恒例のお茶の時間に聞かされたのだが、どうやら夫人の失踪には男が関係していて、要するにそれは失踪ではなく、駆け落ちと呼ぶべきものらしかった。教室の仲間の話からは、相手の男の名前までは確認できなかった。

たとえ名前が確認できなくても、丹下真琴のほかに考えられないだろう。退院後、丹下君は迷ったあげくに彼女と連絡を取ったのに違いない。連絡を取って、もう一度だけ、それが最後のつもりで会い、ふたりでまた写真のネガの話をしたのかもしれない。また彼女は泣き、丹下君はその涙に真心を見て、もったいなくも失われた二十何年かの月日について、もう手遅れなのか、まだ間に合うのか語り合うことになったのかもしれない。とにかくその日その場で、ふたりとも、たがいの家族まで捨ててよそへ逃げる決心をしたのだろう。噂によると、夫人に近しい人間は、誰ひとり相手の男の顔を知らないそうである。家族にとっては突発的な災難と同じで、彼女の浮気の原因も、その男と駆け落ちまでする理由も、まったく思い当たらないということである。

私も、もし何も知らずにこの噂話を聞いていれば、つまり丹下君を病院に見舞わず、偶然にも彼女の涙を目にしていなければ、大いに首を傾《かし》げたかもしれない。いったいそのときふたりに何が起こったのか、かえって好奇心にかられていたかもしれない。でも私は噂話を聞いても冷静でいられた。紅茶のカップを音もたてずに受け皿に置き、それで？と先を聞くことができた。

ある人の、片思いの気持が、長い時間を経て、ある人に通じる。誰かが誰かのことを思い続けるのは、経験から言ってもざらにあることだし、その思いが相手についに通じるのも決して珍しいことではないだろう。毎日のように、世界のあちらこちらで起きている恋愛事件のひとつに違いないと考えれば、私にさほど驚く理由はなかった。

解説

池上《いけがみ》　冬樹《ふゆき》
（文芸評論家）

佐藤正午は小説の名手であるが、実は、エッセイもまた面白い。岩波書店から出た三冊のエッセイ集『ありのすさび』『象を洗う』『豚を盗む』はみな光文社文庫に収録されたが、そのなかの『豚を盗む』で、作者は長年の習慣を語っている。「エアロスミス効果」と題された文章で、音楽と執筆の深い関係を語っている。

具体的にどういう関係かというと、〝長編小説を一つ書くあいだ一枚のCDを聴き続ける〟というのである。〝聴きたおす、とか、聴きつぶす、とかいった言葉が（もしあれば）ふさわしいと思えるくらいに聴き続ける〟。ただし〝小説を書いている最中に聴くのではなくて、毎朝、目覚めてベッドを降りるとまずプレイヤーのスイッチをONにしてそのCDをかける。とにかく同じアルバムの一曲目から一日を始め〟、執筆に至るまでのあいだ聴き続け、アルバムの後半になって、煙草を吸いながら、〝どうだ？　やれるか？　今日も昨日の続きを書き継ぐ気力があるか？〟と自分に問いかけ、〝だいじょうぶ。やれる〟

と思って、プレイヤーのスイッチをきり、机に向かうという。それを〝一日の例外もなく、半年でも一年でも延々と繰り返す〟のが〝小説家としての僕の長年の習慣〟なのだという。

ちなみに、『放蕩記』のときはシンディー・ローパーのアルバム、『彼女について知ることのすべて』のときはバッハ、『取り扱い注意』のときはユニコーンの『服部』で、『Y』のときがエアロスミスだという。そしていかにエアロスミスの音楽に鼓舞されたかを詳しくエッセイで語っているのだが、それは本文を読んでほしい。

冒頭から音楽の話をしたのは、本書に収録されているもののうち四つの作品（「愛の力を敬え」「空も飛べるはず」「ピーチメルバ」「ダンスホール」）のそれぞれに音楽が出てくるからである。長篇ではなく短篇と中篇であるけれど、それでもタイトルに曲名をあてるのだから、何らかの刺激をうけてのことだろう。

では、ひとつずつ見ていこう。

冒頭に置かれた「愛の力を敬え」は、アンソロジー『New History 人の物語』（角川書店、二〇〇一年七月）に収録された短篇である。安室奈美恵の歌からとられていて、まさに愛の力を敬うような内容であるが、もちろん佐藤正午の手にかかればシニカルなユーモアに彩られる（それがまたいい）。しかも、この小説は、佐藤正午の語りの巧さを示す恰好の作品でもある。物語をどこから、どのようにはじめればいいのかを考えぬいている。「私」が仕事相手である森幸乃という女性のマンションを訪問し、辞去しようとしたときに、「さちこさんはいますか？」と安倍純という見知らぬ男が尋ねてくる。彼は、八年前にその同じ部屋に住んでいた元・恋人の森さちこに会いにきたのだった。ある特殊な頼みごとをするために。その頼みごととは何か？

背景はかなり複雑なのに情報を小出しにして関係と状況の一端を見せていく。この情報提示の仕方が抜群である。情報を提示しながらも謎が残り、緊張感は逆にまして、読者をひっぱっていく。ミステリ作家でも、これほど自然になめらかにできるものではない。読者はかるく息をつめて読んでしまう。そして、「私」と幸乃と安倍純の偶然の出会いが、少しずつ会話を重ねることで次第に意味をもちはじめ、意外な行動に出ることになるあたりも面白い。行きずりの関係でありながら、思いがけない質問や会話の流れから予想もしない成り行きとなり、ひとつの節目となる。着地も鮮やかな見事な短篇である。

注目すべきは、この小説で、安倍純が、恋人との衝動的な駆け落ちと宝くじの話をすることだろう。男と女の衝動的な駆け落ちと宝くじといったら、傑作『身の上話』である。〝いまの宝くじの話は小説に書けませんか？〟と聞かれ、「私」が、〝書けるかもしれない〟、

〝その宝くじが本当に当たっていたという設定でね〟と答えるけれど、事実、佐藤正午は、宝くじに本当に当たった設定にして『身の上話』を書いた。この短篇は、傑作『身の上話』の原型となった作品ともいえるだろう。

二番目の「空も飛べるはず」(「小説新潮」二〇〇二年一月号)はスピッツの曲名からとられたもので、妻と一人息子を持つ内田繁がピアノ教師を偲ぶ会に行く場面からはじまる。そこで内田は亡くなった女性教師がつけていた「タイジュウ日記」の存在を耳にする。体重を記録したものだが、なにやら秘密めいていた。なんのためにつけていたのか?

この小説でもまた読者は、語りの巧さにほれぼれするだろう。三人称一視点ではじまり、それで通すのかと思いきや、途中で「私」が出てくる。こういう登場は佐藤正午の代表作のひとつ『5』でもそうだったし、噂をテーマにした傑作短篇集『カップルズ』でもそうだった。「体重日記」などという些細なことからはじまり、妻の浮気をうたがい、さらに……と話が広がっていく。『カップルズ』では、友人・知人たちの噂話を披露していくうちに、最後になって、「私」の噂話を披瀝するあたりの呼吸が抜群だったが、その辺の洗練された技巧と人生観照は、よりいっそう際立ったといえるのではないか。

三番目の「ピーチメルバ」（「小説新潮」二〇〇三年七月号）は古内東子の歌からとられたもので、佐藤作品で顕著なバーでの会話が中心となる。中の島吾郎から「私」は、彼の妹である中の島弥生が結婚したことを聞いた。「私」が彼女に出会ってから四カ月後のことである。「私」は、彼女と交わした〝ピーチメルバ〟に関する会話を回想して、あるひとつの可能性に思いをはせる。

「私」の立ち位置がうまい。さりげなく傍観者のようでありながら、当事者となり、人物の背後にあるものを見いだす。古内東子の歌をからめて、バニラアイスの匂いと香水の関係を丁寧にときほぐす。推理を進め、謎をときあかすことでストーリーはどんどんかわっていくくだりが面白い。

また興味深いのは、ここでも男女の出会いや結婚の問題を小説の創作という点から考えて、印象的なエピソードとは何か、物語の発端はどこがいいのかを語りながら、恋愛や結婚の本質を抉る点だろう。

「ダンスホール」は、白石一文『翼』、荻原浩『誰にも書ける一冊の本』、盛田隆二『身も心も』などとともにテーマ競作「死様《しにざま》」の一冊として、二〇一一年六月に光文社より刊行された中篇小説である。神経をやみ離婚した作家の「私」と、元妻の頼みである女性に会いにきたサラリーマンの、それぞれの再生を捉えている。

最後まで直接話を交わすことのなかった私とサラリーマンの物語であるが、それぞれの点と点がつながり、人物たちの人生の輪郭が浮かび上がってくる。それなりに歪《いびつ》でありながら、何かしら独特のカーブを描き、思いがけない表情をたたえていて、人を当惑させる。当惑にこそ、人生の不可思議さがあるといいたいかのようだ。

タイトルの「ダンスホール」は、作中にもあるように尾崎豊の歌からとられていると思えるが、しかし一人の男の失恋話は作品にはそぐわない。尾崎の歌の最後に〝孤独なダンサー〟という表現が出てくるが、深読みするなら、「私」とサラリーマンの西聡一にそれを重ねているのかもしれない。人に頼まれ、人に会い、人のためにぐるぐると孤独にダンスを踊っているイメージがあるし、それが決して徒労ではなく、あらたな出口へと導く予行演習のようなところもある。

「真心」は、アンソロジー『オトナの片思い』(角川春樹事務所、二〇〇七年八月。↓ハルキ文庫)に収録された。タイトルにあるようにテーマはオトナの片思いである。実際、主人公の作家の「私」が冒頭でふれているが、〝ある人の、片思いの気持ちが、ある人に通じる。ひとことで言えばそういう話だ〟ということになる。でも一読するとそんなに簡単なものではなく、何か（大げさにいうなら）人生の真実のひとつをつかみとっている印象をうける。

物語は、「私」が鰻屋に鰻重の出前を頼む場面から始まる。ふだんは出前はしない店のようだが、「私」は月に一、二回頼み、そのたびに中年の男が配達してくれた。だが、その日は一時間以上たっても配達にあらわれず、店に電話をかけると、配達する途中、男が交通事故に遭ったという。「私」は責任の一端を感じ、彼を見舞い、〝真心〟にまつわるエピソードを聞くことになる。

「私」が冒頭でいうように〝耳新しくもなく特別でもない話〟であり〝あえて小説に書こうと思った理由は、それがたまたま私の目に止まった〟からだという。〝本来なら私の知らないところで起こり、知らないまま時が過ぎてどこかに埋もれてしまっていたはずの出来事を、目撃する機会にめぐまれたから〟だとも。でも〝その偶然の機会は、もとをたどれば私自身が彼らのために用意した、とも言えるのかもしれない〟のである。

この言葉が示すように、傍観者の立場ではあっても、当事者と会話を重ねることで、相手の背中を押すことがある。男が「私」と話をして、あらためて女性の感情の重さやみずから蓋をしていた心の中をのぞいたともいえる。〝偶然の機会は、もとをたどれば私自身が彼らのために用意した〟ということになるのである。

この小説がそうだが（いや、本書に収録されているすべての作品にいえることだが）、佐藤正午の作品がいいのは、実にさりげない話から、人生の真実の断面をかいま見せることである。自然に話がはじまり、自然に、だが確実に有機的にからまりだして、普遍的で、人生の何かを象徴するものをふんわりとあぶりだす。洗練の極みともいうべきストーリーテリングに心地よくのせられ、巧みに計算された緻密なプロットに驚き、そして生きることの奥深さをさまざまな感情とともにのぞきこむことになるのである。それがいい。

ファンにはもういうまでもないことだが、佐藤正午を読むことは、愉しく、豊かで、刺激的で、何よりも大いなる喜びである。波瀾にとむ長篇小説と比べると、短篇や中篇はいささか静かで地味なところもあるけれど、大いなる喜びを与えてくれることは間違いない。

佐藤正午　著作リスト（2013年11月8日現在）

★＝長編　●＝短編集または連作短編　○＝エッセイ集、その他
（単独著作のみとし、共著、アンソロジーなどは除いています）

1★ **永遠の½**
84年1月　集英社
86年5月　集英社文庫

2★ **王様の結婚**
84年12月　集英社
87年7月　集英社文庫

3★ **リボルバー**
85年11月　集英社
88年4月　集英社文庫

07年12月　光文社文庫

4★ビコーズ

86年4月　光文社

88年5月　光文社文庫

5★恋を数えて

87年2月　講談社

90年4月　講談社文庫

01年11月　角川文庫

6★童貞物語

87年3月　集英社

90年5月　集英社文庫

7●女について

88年4月　講談社

91年4月　講談社文庫（「卵酒の作り方」を追加収録して、『恋売ります』と改題）

01年4月　光文社文庫（『女について』と改題）

8 ★ **個人教授**
88年12月　角川書店
91年9月　角川文庫
02年3月　角川文庫

9 ● **夏の情婦**
88年12月　集英社
93年3月　集英社文庫

10 ○ **私の犬まで愛してほしい**
89年6月　集英社文庫

11 ● **人参倶楽部**
91年4月　集英社
97年1月　集英社文庫
12年12月　光文社文庫

12 ★ **放蕩記**
91年8月　講談社

98年2月　ハルキ文庫
08年10月　光文社文庫

13●
スペインの雨
93年5月　集英社
01年9月　光文社文庫（「クラスメイト」を追加収録）

14★
彼女について知ることのすべて
95年7月　集英社
99年1月　集英社文庫
07年11月　光文社文庫

15★
取り扱い注意
96年12月　角川書店
01年7月　角川文庫

16●
バニシングポイント
97年3月　集英社
00年2月　集英社文庫

11年9月　小学館文庫（『事の次第』と改題）

17★　Y

98年10月　角川春樹事務所

01年5月　ハルキ文庫

18●　カップルズ

99年1月　集英社

02年1月　集英社文庫

13年1月　小学館文庫

19●　きみは誤解している

00年5月　岩波書店

03年10月　集英社文庫

12年3月　小学館文庫

20★　ジャンプ

00年9月　光文社

02年10月　光文社文庫

21 ◯ ありのすさび
01年1月　岩波書店
07年3月　光文社文庫

22 ◯ 象を洗う
01年12月　岩波書店
08年4月　光文社文庫

23 ◯ Side B
02年12月　小学館
07年7月　小学館文庫

24 ◯ 豚を盗む
05年2月　岩波書店
09年3月　光文社文庫

25 ● 花のようなひと
05年9月　岩波書店

26 ◯ 小説の読み書き

06年6月　岩波新書

27★ 5
07年1月　角川書店
10年1月　角川文庫

28★ アンダーリポート
07年12月　集英社
11年1月　集英社文庫

29● 幼なじみ（短編一編を収録）
09年2月　岩波書店

30★ 身の上話
09年7月　光文社
11年11月　光文社文庫

31○ 正午派
09年11月　小学館

32★ ダンスホール

11年6月　光文社
13年11月　光文社文庫（他短編4作収録）〈本書〉

〈出典一覧〉

●愛の力を敬え　★『人の物語』（角川書店）／二〇〇一年七月刊

●空も飛べるはず　「小説新潮」（新潮社）／二〇〇二年一月号

●ピーチメルバ　「小説新潮」（新潮社）／二〇〇三年七月号

●ダンスホール　「小説宝石」（光文社）／二〇一〇年六月号、八月号
二〇一一年六月　光文社刊

●真心　★『オトナの片思い』（角川春樹事務所）／二〇〇七年八月刊
二〇〇九年五月　ハルキ文庫刊

★印はアンソロジーです。

光文社文庫

ダンスホール
著者　佐《さ》藤《とう》正《しょう》午《ご》

2013年11月20日　初版1刷発行
2017年8月15日　2刷発行

発行者　鈴木広和
印刷　慶昌堂印刷
製本　ナショナル製本

発行所　株式会社 光文社
〒112-8011　東京都文京区音羽1-16-6
電話（03）5395-8149　編集部
8116　書籍販売部
8125　業務部

ISBN978-4-334-76660-3　Printed in Japan

組版　萩原印刷